Die wahre Geschichte des Max Mustermann

Kurzgeschichten

Eine Projektarbeit der Autoren der
Schreibwerkstatt Feldkirch (A 6800 Feldkirch)
Autoren: Sylvia Deutschmann, Gerlinde File, Stefan Heinzle,
John Hesselaar, Klaus Höfle, Horst-Stefan Jochum, Susanne Koller,
Judith Konzett, Eric Parisse, Mary Rieger, Hubert Salzmann,
Valerie Travaglini, Gabriele Ulmer

www.schreibwerkstatt-feldkirch.at

Bibliografische Information der Deutschen Nationalbibliothek: Die Deutsche Nationalbibliothek verzeichnet diese Publikation in der Deutschen Nationalbibliografie; detaillierte bibliografische Daten sind im Internet über http://dnb.dnb.de abrufbar.

Umschlaggestaltung und Bilder:
Gabriele Ulmer, Wolfurt
www.hellerulmer.com

© 2015 Herausgeber: Eric Parisse

Herstellung und Verlag: BoD – Books on Demand, Norderstedt

ISBN: 978-3-7386-5650-3

Inhaltsverzeichnis   Seite

Die wahre Geschichte des Max Mustermann, Gabriele Ulmer	7
Herbert hebt Geld ab, Klaus Höfle	13
Grille Sybille sucht ihre Brille, Gerlinde File	20
Beifahrertraining, Eric Parisse	23
Achtung Nebenwirkungen, Susanne Koller	25
Das unbeachtete Leben eines …, Gabriele Ulmer	27
Meine Bedienungsanleitung, John Hesselaar	32
Hol mi doch do Guggar, Klaus Höfle	33
Italienisch verzollen, Eric Parisse	37
Chinesicher Frühling, Stefan Heinzle	45
Josè Manuel Rodriguez …, Valerie Travaglini	51
Mein Kostüm in Salatgurkengrün, Hubert Salzmann	55
Vorsicht Frosch nicht küssen, Judith Konzett	62
Die Frau aus dem dritten Stock, Horst-Stefan Jochum	67
Spiel der Generationen, Klaus Höfle	75
Raucherentwöhnung, Eric Parisse	80
Das Privileg der Starken, Judith Konzett	83
Die Erziehung des besten Freundes, Mary Rieger	90
Die Gewissheiten des Herrn Baumbach, Horst-Stefan Jochum	92
Hundemüde, Judith Konzett	98
Bauanleitung für Luftschlösser, Gabriele Ulmer	102
Was tun wenn's klingelt, Eric Parisse	108
Das Labor der Dimensionen, Gerlinde File	111
Hortensia in der Krise, Valerie Travaglini	115
Betreff: Partnersuche, Gabriele Ulmer	118
Betriebsausflug mit Spätfolgen, Valerie Travaglini	119
Die Umkehrsprache, Horst-Stefan Jochum	125
Zu hoch gepokert, Valerie Travaglini	130
Preiswert oder exklusiv, Sylvia Deutschmann	133
Dieselben Worte, Valerie Travaglini	138
Über den Nutzen einer Zeitung, Gerlinde File	143
Biologisch abbaubar, Stefan Heinzle	146
Herr Schmidt, Susanne Koller	152
Dubiose Waschgänge, Hubert Salzmann	156
Die Tücken der Technik, Sylvia Deutschmann	160
Herbert weiß sich zu helfen, Klaus Höfle	165
Die Erfindung der Tortenschaufel, Horst-Stefan Jochum	170
Das Blaue vom Himmel, Gabriele Ulmer	171
Wie verteilt man einen Bonus gerecht, Eric Parisse	173
Für Ruhelose, Valerie Travaglini	178
Specimen, Hubert Salzmann	180

Rezepte für Alltagshelden

*Ein kluger Mann macht nicht alle Fehler selbst.
Er gibt auch anderen eine Chance.*
Winston Churchill

Die wahre Geschichte des Max Mustermann
Gabriele Ulmer

Alles fing ganz harmlos an. Überall, wo ein Bild schiefhing, musste er es gerade richten. Musste. Er konnte nicht anders. Für Max, Max Mustermann, war alles Schiefe unerträglich. Schon als Kind störte ihn der Anblick einer Schrägstellung. Egal, wo er war, bei Freunden, in Gasthäusern, in Spitälern, auf Ämtern, in Kirchen, alle verschobenen Bilder brachte er wieder ins Lot. Danach war die Welt genau so, wie sie sich gehörte, und man dankte ihm dafür. Sein Wirken beschränkte sich schon bald nicht nur auf Bilder, sondern breitete sich nach und nach auf beinahe alle Dinge in seinem Umfeld aus. Er sah immer sofort, wenn etwas nicht gerade war, und handelte, auch wenn dieses Etwas lediglich um einen Bruchteil eines Millimeters verrückt war. Er wurde in Kürze Spezialist für verrückte Dinge und damit sehr bekannt. Max war so genau und so gut im Genausein, dass sein Name später als Beispielname in Dokumenten, Formularen, Datenbanken und so weiter verwendet wurde. Wer ihm folgte, machte fortan alles richtig, nichts Krummes, nichts Abwegiges, nichts Ungerades. Er war gleichsam Garant und Vorbild, dass alles seinen rechten Lauf nahm. Jeder kennt ihn bis heute, doch kaum jemandem ist seine wahre Lebensgeschichte geläufig.

Einige Jahre nach seinem großen Durchbruch mit Musterpapieren und kurz nach seinem frühen Tod entdeckte ein Psychiater den Grund für seinen Hang zum Geraden. „Eindeutig", sagte der Psychiater, „schief gewickelt. Das Baby ist schief gewickelt. Man sieht es auf diesem Foto." Danach war Max' Mutter lange seine Klientin. Sie litt unter dem Kindheitstrauma ihres Mustersohnes. Dass Max' Liebe zur Begradigung jedoch so endete, hatte sie und niemand gewollt und auch niemand vorhersehen können, obwohl er schon als Kind das Geradlinige geliebt, alle Bauklötze im rechten Winkel angeordnet und Rutschen sowie Wippen ihrer Neigung wegen tunlichst gemieden hatte, wie es aus seiner Mutter unter Tränen bei einer der therapeutischen Sitzungen hervorbrach. Für sie war Max aber immer recht gewesen. Auch als er als Jugendlicher auf der Maturareise den Schiefen Turm von Pisa in einer besoffenen Nacht- und Nebelaktion mit einem Bulldozer zu begradigen versucht hatte und daraufhin von den Carabinieri verhaftet und von Chianti sowie seiner Schulklasse getrennt worden war.

In jener Nacht konnte Max nicht schlafen. Er saß ganz aufrecht auf seiner Pritsche und betrachtete den italienischen Nachthimmel durch geradlinige Gitterstäbe und fragte sich ständig, warum die Mondsichel denn heute so schief, ja geradezu italienisch schlampig am Himmel hängen musste und ob der Mond, der ja bekanntlich allerhand auf der Erde bewirkte, auch Einfluss darauf gehabt habe, dass sein Unterfangen schiefgegangen war. Und vor allem fragte er sich, ob dieser schiefe Mond gerade gehängt werden könnte und wenn, dann wie und von wem, und ob die Mondanziehungskraft vielleicht auch dafür verantwortlich sei, dass der Haussegen daheim nun schief hänge. Damals fiel seine Eigenartigkeit erst als Eigenartigkeit richtig auf. Was vorher als schrullig galt, wurde nun als krankhaft bezeichnet. Und wie es bei den meisten Krankheiten ist, brachen Max' Inklinationsphobie und die damit verbundene Korrekturmanie erst nach der Diagnose vollständig aus.

Als er sich wieder auf dem rechten Weg befand – er wurde geradewegs von Pisa nach Hause geschickt – beschloss er zu studieren. Er studierte Recht in Graz. Graz klang gut: „Grad-s." Und er spezialisierte sich auf Senk- und Waag-Recht. Die Uni besuchte er an allen geraden Tagen, an den ungeraden meldete er sich stets krank. In Wahrheit war es ihm unmöglich, an ungeraden Tagen in aufrechtem Gang in Vorlesungen zu gehen. Da blieb er daheim in der Horizontalen liegen und schrieb aufrichtige Briefe an lokale Tageszeitungen, Leserbriefe, in denen er sich zum Beispiel vehement gegen eine Petition einiger Sportbegeisterter wehrte, bei der gefordert wurde, dass Schieflaufen eine olympische Disziplin werden sollte.

Er stellte nebenbei komplizierte Untersuchungen über komplexe Schwerpunktverlagerungen an und machte in diesem Zuge die bahnbrechende Entdeckung, dass die anhaltende globale Schieflage der Banken unabhängig vom Magnetfeld der Erde dafür verantwortlich war, dass das Geld immer an die gleichen Stellen floss. Auch Zusammenhänge mit der politischen Situation konnte er nachweisen, indem er sie im schiefen Licht genauer unter die Lupe nahm und gleichzeitig den erhöhten Energieverbrauch bei Betrachtungen in eben diesem schiefen Licht dafür als Fehlerquelle ausfindig machen konnte. Selbst Isaac Newton stellte er in den Schatten, indem er die Schwerkraft als Scheinkraft entlarvte.

Er promovierte mit Auszeichnung. Seine Dissertation war eine Lotstudie zum Fall „Niagara".

Er war gut als Student und gut als Rechtsanwalt. In seinem ersten Prozess ging es darum, dass die Krankenkasse nicht zahlen wollte, als sich ein Mandant schiefgelacht hatte. Er gewann diesen Prozess und gleich darauf einen weiteren, weil eine Person schief angeschaut worden war. Nebenbei veröffentlichte er zahlreiche Musterartikel in rechtswissenschaftlichen Schriften, unter anderem eine Abhandlung über die Geradlinigkeit der Querdenker und ihre signifikante statistische Häufung auf schiefer Bahn.

Max Mustermann selbst lag bei allem, was er schrieb oder tat, nie schief. Er wurde für seine mustergültige Richtigkeit und Geradheit geschätzt und vor allem einschätzbar, denn jeder wusste, dass er seine Linie hatte und dass er und nie und nimmer vom geraden Weg abweichen würde. Das tat er unermüdlich und so konsequent, dass er sogar Bananen, Schrägdächer, Querformate, Rundschreiben, Querulanten, Hängematten, Bogenschießen, Querfeldeinwanderungen, schielende Menschen und Diagonalen aller Art verachtete. Am meisten hasste er es aber, wenn Querflöten schräge Musik spielten. Das fand er entsetzlich. Stets achtete er darauf, dass seine Klagschriften frei von Schrägstrichen und kursiven Schriftzeichen waren, seine Krawatte und alles nicht direkt Sichtbare an seinem Körper gerade hing oder stand.

Das gefiel Erika. „Du bist so genormt!", gestand sie ihm in schüchterner Bewunderung.

Und Max fühlte sich geschmeichelt und heiratete sie.

Alles an ihr war so schön gerade: die Beine, die Nase, die Schultern, der Blick, nichts Verschobenes an ihr. Nur der Rocksaum verrutschte gelegentlich. Seltsam, dass ihn dies nicht störte. Nichts ist großzügiger als die Liebe.

Sie führten eine Musterehe, die mit zwei mustergültigen Kindern gesegnet war, dem g'raden Michel und der aufrichtigen Gerda.

Erika Mustermann liebte ihren Max leider nur kurz. Sein Tod kam plötzlich, an einem Abend des dreizehnten März, an jenem ungeraden tieftraurigen Tag, als sich gerade die Sonne senkte und als sich in einem Restaurant hinter Max Mustermann bei dessen Versuch, einen Stuhl gerade zu rücken, ein Bild von seinem Nagel schob, erst ein wenig verrutschte und schließlich ganz von der Wand löste. Daraufhin grub sich der schwere barocke Goldrahmen mit seinem rechten Winkel so unglücklich tief in Max' Kopf, dass unter der Wucht des Aufpralls die Schädelnaht platzte und sich über dem rechten Auge sofort eine klaffende Wunde auftat, aus der sich alsbald Blut ergoss, welches nicht mehr aufhörte, zu bluten, bis die Totengräber ihn drei Tage später waagrecht ins senkrechte Grab legten.

Von diesem Moment an wurde es umständehalber ruhig um Max Mustermann.

Noch findet man aber in verschiedenen Schubladen und auf Auslagetischen von Ämtern milliardenfach Musterpapiere. Und manchmal, wenn die Erde irgendwo bebt, wird posthum gemunkelt, Max Mustermann arbeite unter der Erde wohl an der Begradigung der Erdachse.

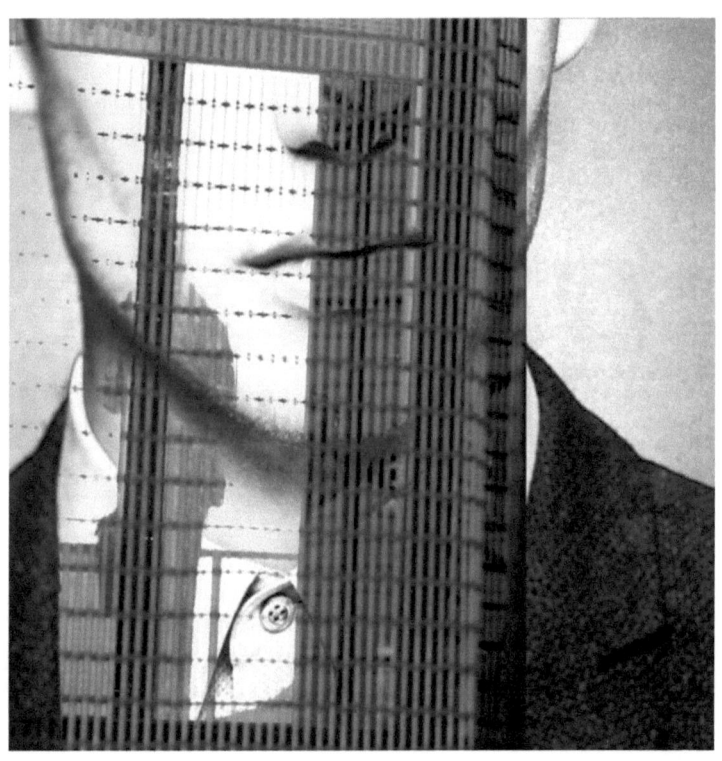

Herbert hebt Geld ab
Klaus Höfle

Herbert sitzt im Bushäuschen und friert. Wirsch blättert er vom Lokal- zum Wirtschaftsteil. Dass er sich freitags, statt mittwochs auf dem Weg zur Bank befindet, ist wirklich nicht seine Schuld. Schließlich wird man nicht alle Tage neunzig. Der Gedanke an die Geburtstagsfeierlichkeiten zaubert kurz Entspannung in sein Gesicht. Aber dass ihn Egon oder Eugen …, egal, dass ihn sein Jugendfreund, den er alle heilige Zeiten einmal trifft, mit seiner Neugier über sein Jubiläum derart aufhält, dass ihm doch glatt der Bus vor der Nase davon fährt. Das ist Herbert, der inzwischen seit einer geschlagenen halben Stunde auf den Bus wartet, jetzt doch zu viel. Denn wenn er eines nicht ausstehen kann, dann eben dieses, dass seine jahrzehntelang bewährten, strategisch aufbereiteten Zeit- und Ablaufpläne durcheinander geraten. Nicht umsonst geht er jeden zweiten Mittwoch im Monat, genau um neun Uhr fünfzehn, seine Pension abheben. An diesem Tag, exakt zu dieser Zeit, ist die Bankfiliale am wenigsten frequentiert. Das hat Herbert, Oberstleutnant im Ruhestand und Träger des Silbernen Verdienstzeichens der Republik Österreichs, akribisch genau recherchiert. Aber heute ist alle Ordnung, und mit ihr sämtliche Busanschlusszeiten, dahin.

Herbert blättert zum Sportteil und zieht die Stirn in Falten. Hoffentlich muss er beim Nachhauseweg nicht wieder derart lange auf den Bus warten.

Aber wer weiß schon was kommt? Und wer weiß, wie alles gekommen wäre, hätte Herbert an seinem üblichen Mittwoch, anstatt heute am Freitag, seine Pension abgehoben.

Wie auch immer! Herbert betritt also mit exakt zwei Tagen und dreiundvierzig Minuten Verspätung den Vorraum der Bankfiliale und ist perplex. Kaum zu glauben: Neun Uhr achtundfünfzig und die Schalterhalle ist vollkommen leer.

Sein Blick fällt auf den ebenfalls unbesetzten Serviceschalter und den dahinter befindlichen Schreibtisch, an welchem Frau Bösch gebannt auf ihren Bildschirm starrt.

Herbert lüftet seine Schirmmütze, was er immer tut, wenn er angestrengt überlegt. Und mit einem zweiten Blick zum Schalter kombiniert er blitzschnell. Was ohne Zweifel seinem Berufsstand und der damit verbundenen Gabe der Improvisation anzurechnen ist.

Schalterhalle leer – Frau Lösch in Arbeit vertieft – Pensionsauszahlung direkt am Kassenschalter erledigen – Zeit gewonnen – Abfahrt mit Anschlussbus in guter Viertelstunde gesichert.

Herbert zieht seine Schirmmütze tief in die Stirn. Na dann los, bevor ihn Frau Rösch doch noch entdeckt. Er kann sie nicht leiden, diese Frau Hösch ... oder Lösch ... oder etwa doch Rösch? Egal, diese ihm unsympathische Serviceangestellte, die ihn allmonatlich abfängt, überfreundlich die Quittung ausstellt und währenddessen in ihrer zuckersüßen Art bemuttert, als sei er ihr pflegebedürftiger Vater in Person.

Gedacht, getan. Herbert nutzt die Gunst des Augenblicks und betritt die Schalterhalle, während sich Frau Hösch noch immer hinter ihrem Bildschirm versteckt.

In Wirklichkeit aber versteckt sich Frau Bösch nicht. Nein, sie nutzt lediglich die Abwesenheit des Filialleiters und kümmert sich in aller Heimlichkeit um ihre Internetkontaktanzeige.

Herbert seinerseits macht sich ihre geistige Abwesenheit zunutze. Dabei ist er sorgfältig darauf bedacht, das Klacken seines Gehstocks auf dem Marmorboden weitgehend zu minimieren. Dieser Spazierstock bereitet ihm viel Freude, war es doch das Geburtstagsgeschenk seines Urenkels. Das Originellste, wie Herbert findet. Und laut Severin, der modernste und raffiniertest ausgearbeitete Spazierstock, den das Internet hergegeben hat. Ein Teleskopgehstock, der dank seines ergonomisch geformten Kunststoffgriffs gut in der Hand liegt und sich zusammenschieben lässt, sodass er in jede Tasche passt.

Am Kassaschalter angelangt, schiebt Herbert den Hightechstock in sich zusammen. Die Gleitstücke rasten mit metallischem Klicken ein. Er klemmt den Stock zwischen die mitgebrachte Zeitung und legt das Bündel auf dem Kassenschalter ab. Schließlich muss nicht jeder mitbekommen, dass er seit seinem neunzigsten Geburtstag mit einem Gehstock unterwegs ist.

Der auf dem Kassatresen aufschlagende Griff reißt die Kassiererin aus ihren Tagträumen. Sie sieht sich einem hageren Mann in schwarzem Lodenmantel, tief ins Gesicht gezogener Schirmmütze und zusammengekniffenen, beinahe lauernden Augen gegenüber. Aus der vor ihr liegenden Zeitung ragt …

Das Herz der jungen Kassabediensteten scheint für einen Augenblick still zu stehen. Hitze wallt durch ihren Körper, ihre Beine drohen, nachzugeben. Instinktiv tappt sie nach dem Tresen. Eine Schusswaffe, begreift sie sofort. In dieser einen Zehntelsekunde, in der sie sich über die Gefährlichkeit der Situation klar wird, macht sich nicht nur ihr ohnedies schwacher Kreislauf bemerkbar. Nein, selbst das metallische Klicken der schussbereit gemachten Waffe hallt in ihren Ohren nach. Spätestens jetzt wünscht sich die junge Frau Herrn Schmid an ihre Seite. Auch wenn ihr Filialleiter sie während der Einschulung mit seinen ständigen Ratschlägen mächtig genervt hatte. Jetzt, sozusagen in Zeiten zwischen Geld oder Leben, hätte sie ihn liebend gern nach vorn geschoben.

Das Räuspern des Bankräubers zwingt ihre Gedanken zurück an den Schauplatz. Ihre Wangen glühen und der Mund steht offen. Ein Blick aus den Augenwinkeln lässt sie erkennen, dass Frau Bösch vollkommen in ihren Bildschirm vertieft ist. Und so bleibt ihr nichts als die erlernte Theorie.

Tief durchatmen – alles tun, was der Bankräuber verlangt – und vor allem ... kein unüberlegtes Handeln – genau nach Lehrbuch, und alles wird gut.

Herr Schmid, der Filialleiter, ist mit der neuen Kassiererin mehr als nur zufrieden. Sie ist intelligent, schnell von Begriff und hat all seine Ratschläge gerne entgegengenommen. Kurzum – trotz ihrer Jugend – ein Goldgriff. Und da sie früher als erwartet die Kassa selbstständig führen kann, genießt er heute erstmals seit Beginn ihrer Einarbeitung seinen Kaffee im Aufenthaltsraum nebenan. Noch mehr als seinen Kaffee genießt Herr Schmid aber den Aus- und Einblick des prächtig zur Schau gestellten Dekolletees seiner Assistentin.

Das Fräulein ist neu hier, das erkennt Herbert sofort. Ihren Namen kann er allerdings nicht entziffern. Da kann er seine Augen noch so angestrengt zusammenkneifen. Die Schrift auf ihrem Namensschild ist zu klein. Egal, sowieso bloß ein Name mehr, den er sich nicht merken kann. Er räuspert sich. „Mein Geld, junges Fräulein", fordert Herbert nicht zu leise, aber auch nicht zu laut. Schließlich will er nicht Frau Lösch auf sich aufmerksam machen. Und da ihn das Fräulein hinter dem Tresen lediglich mit großen Augen anstarrt, tippt er auf seine Armbanduhr. „Ich habe wenig Zeit! Die Uhr tickt – Sie verstehen?"

Ein Sicherheitsblick über die Schulter verrät ihm, dass Frau Rösch noch immer mit ihrem Bildschirm liiert ist.

Bis ins kleinste Detail durchgeplant und alles im Blick. Ein waschechter Profi eben. Dessen ist sich die Kassabedienstete sicher. Ungebeten regt sich die blanke Theorie zu Wort.

Tief durchatmen – Ruhe bewahren – und falls irgend möglich, den stillen Alarm auslösen.

Fuck Theorie, fuck Lehrbuch, fuck alles!

Ihre Hände umklammern noch immer den Tresen; die Beine der jungen Frau drohen mehr denn je zu versagen.

Herberts Blick wechselt von der Armbanduhr und fixiert die großen, blauen Augen seines Gegenübers. „Was ist jetzt mit dem Geld?"

„Das ganze Geld?" Die Gegenfrage kommt spontan und ehrlich, wenn auch ein wenig unüberlegt.

Instinktiv legt Herbert seine Hand auf den Tresen und beugt sich vor. Die Zeitung samt Gehstock wird unmerklich Richtung Kassiererin geschoben.

„Was denn sonst, junges Fräulein. Aber zack, zack!"

Herbert ist es gewohnt, dass ihm Frau Hösch allmonatlich sein gesamtes Guthaben ausbezahlt. Er besitzt kein Bankkonto und erhält seine Rente per Postanweisung. So kann er alles auf einmal abheben. Seit der Bankenkrise traut Herbert dem Bankenapparat nicht die Bohne und ist absolut nicht gewillt, dieser in marmorbestückten Goldpalästen residierenden, zuckersüßen Bettelbande auch nur einen Cent Kontoführungsspesen in den Rachen zu werfen. Ungeduldig tippt er auf die Zeitung.

Die vorgeschobene Schusswaffe und die nervösen Zuckungen des Bankräubers machen die Situation für die Kassabedienstete nicht leichter.

Das junge Ding ist neu in der Filiale und mit dem Kassadienst völlig überfordert. Das steht für Herbert außer Frage. Was aber kein Grund ist, ihn länger als nötig aufzuhalten. Schließlich will er den Bus nicht ein zweites Mal verpassen.

„Was ist jetzt mit dem Geld?"

Die junge Kassabedienstete blickt noch ratloser zu Herbert. In all den Sicherheitsschulungen hatte der Räuber immer eine Tasche für die Beute dabei.

„Und wohin damit?"

Die zusammengekniffenen Blicke treffen auf die blauen Augen. Schnell senkt sie den Blick.

Keinen direkten Augenkontakt – keine Provokation – genau nach Lehrbuch, und alles wird gut.

Herbert schüttelt den Kopf, kramt in seiner Manteltasche und reicht ihr eine zusammengefaltete Nylontasche. Diese führt er stets mit sich. Warum soll er bei jedem Einkauf eine Neue kaufen. Sein Blick wechselt zwischen dem jungen Fräulein, die seine Rente in die Tasche füllt, seiner Armbanduhr deren Minutenzeiger die Busabfahrt einmahnt sowie über die Schulter zum Infoschalter. Dort zumindest ist alles in Ordnung.

Das junge Ding ist nervös und mit ihrer Arbeit hoffnungslos überfordert. Würde nicht sein Bus in wenigen Minuten abfahren, hätte er sie gerne aufgeklärt, dass nur in der Ruhe die Kraft liege und sie sich vor ihm nicht zu fürchten brauche. Aber so übernimmt Herbert die Tasche und ist glücklich, dass Frau Lösch weiterhin auf ihren Bildschirm glotzt. Sie wird ihm frühestens nächsten Monat wieder auf die Nerven gehen.

Frau Bösch ihrerseits schwelgt im neu gewonnenen Glück oder zumindest in der Vorfreude des für übermorgen vereinbarten Dates.

Herr Schmid wird von Glückshormonen nahezu überschüttet und bietet seiner Assistentin angesichts des freizügigen Einblicks eine zweite Zigarette zur noch halbvollen Tasse Kaffee an.

Selbst die Kassabedienstete ist glücklich, ihren ersten Banküberfall unverletzt überstanden zu haben. Auch wenn ihre Beine sie doch noch im Stich lassen, nachdem der Bankräuber ihr den Rücken zugedreht hat.

So schwelgen sie alle im kurzen Glück.

Herberts Glücksmoment währt länger. Er sitzt vor einem Haufen gebündelter Scheine und gönnt sich ein Kellerbier. Sein Groll ist verflogen, hat sich doch allem Widerspruch zum Trotz seine verspätete Pensionsbehebung als Glücksfall entpuppt. Spätestens jetzt ist ihm klar, dass Frau Rösch ihn stets so freundlich bediente, um ihm einen Teil seiner Pension vorzuenthalten. Aber heute hat er sich geholt, was ihm zusteht.

Herbert trinkt den letzten Schluck mit Genuss. Und das ist nicht das Einzige, das er dazugelernt hat. Seit heute hat er begriffen, dass selbst der ausgereifteste Termin- und Ablaufplan noch verbesserungswürdig ist. Und diese Erkenntnis ist ihm ein zweites Kellerbier wert. Zurück bei seinem Geld, greift er zu Stift und Monatsplaner und schreibt: „Bankbesuch jeden zweiten Freitag im Monat – Abfahrt neun Uhr vierzig – Pensionsbehebung beim jungen Fräulein persönlich."

Grille Sybille sucht ihre Brille
Gerlinde File

„Wo ist bloß meine Brille?", klagte Grille Sybille. „Ich kann meine Brille nicht finden." Schillerkäfer Jaromir polierte eben seine ohnehin makellos glänzenden Flügel und drehte und wendete sich selbstgefällig vor dem Spiegel.

„Keine Ahnung, wo deine Brille ist", murrte er. Eben hatte er ein unscheinbares Stäubchen auf seiner linken Schulter entdeckt und blies es weg. „Du musst halt nachdenken, wo du die Brille zuletzt gehabt hast, dann wirst du sie schon finden."

Grille Sybille grübelte. *Wo bloß habe ich die Brille zuletzt verwendet? Ach ja, es fällt mir wieder ein: gestern am Nachmittag in der Veilchenbar. Da habe ich auf dem grüngestreiften Liegestuhl gesessen und habe mir die Nägel lackiert.* Schnurstracks lief sie zur Veilchenbar, um nachzusehen.

Auf dem grüngestreiften Liegestuhl lag der dicke Hummelmann Boruslav, hatte sich den Strohhut über die Augen gezogen und schnarchte gemächlich vor sich hin. Grille Sybille rüttelte ihn sanft an der Schulter.

„He Boruslav", sie flüsterte fast, „ich habe meine Brille hier verloren. Hast du sie vielleicht gefunden?"

„Mensch, lass mich doch schlafen!", maulte der Hummelmann, hob aber doch ächzend sein Hinterteil, damit die Grille nachgucken konnte. Nichts. Auf dem Liegestuhl lag keine Brille, auf dem Tisch daneben lag sie nicht und im weichen, gepflegten Rasen zu ihren Füßen, da lag sie auch nicht.

„Frag doch die Spinne Elvira!", grummelte der Hummelmann Boruslav unter seinem Strohhut hervor. „Die sammelt alles ein, was herumliegt, und hängt es an ihr Netz. Scheinbar gefällt ihr das."

„Okay, danke für den Rat!", nickte Grille Sybille und lief los.

Spinne Elvira hauste im Hollerbusch am Rande der Wiese. Schon von weitem sah man das seltsame Netz, auf dem alle möglichen Sachen hingen: der Deckel von einem Uhu-Stick, eine Samtmasche, eine Büroklammer, eine Plastikgabel mit einer abgebrochenen Zinke, keine Brille.

„Hast du meine Brille genommen?", fragte die Grille Sybille sicherheitshalber nach.

„Schau doch selber nach, ob sie irgendwo hängt!", keifte Spinne Elvira aus luftiger Höhe. „Siehst du nicht, dass ich spinne? Ich muss mich konzentrieren!" Und wirklich, eben spannte sie einen roten Faden von Speiche eins zu Speiche zwei, einen blauen von Speiche zwei zu Speiche drei und dann einen gelben von Speiche drei zu Speiche vier. Grille Sybille staunte. Noch nie hatte sie so ein buntes Netz gesehen.

„Konzentration ist alles", erklärte die Spinne. „Du musst dich einfach konzentrieren, dann wirst du die Brille schon finden."

„Aha, konzentrieren!", das leuchtete der Grille ein. Sie schloss die Augen, legte die Stirn und alle Hirnwindungen in Falten und hielt sogar die Luft an vor lauter Anspannung. Nichts geschah. Als Grille Sybille mit einem tiefen Atemzug die Augen wieder öffnete, entdeckte sie vor ihrer Nase eine dünne, geringelte Socke vom alten Netz der Spinne Elvira baumeln. *Die gehört doch bestimmt dem Tausendfüßler Alfred,* dachte sie, *der hat immer solche Socken an.* Kurzerhand pflückte sie die Socke aus dem Netz und rannte los, um Alfred sein Eigentum zurück-zubringen.

Tausendfüßler Alfred saß auf seinem Handy und hieb wie ein Irrer mit allen Füßen gleichzeitig in die Tasten.

„Schau, was ich im Netz von Spinne Elvira gefunden habe", rief Grille Sybille keuchend. „Die Socke gehört doch sicher dir."

„Kann schon sein, leg sie einfach hin und stör mich nicht!", japste Alfred und starrte wie gebannt aufs Display.

„Schon gut, schon gut, Alfred, ich hab's doch nur gut gemeint", entschuldigte sich Grille Sybille, „aber ich suche schon die ganze Zeit verzweifelt nach meiner Brille. Hast nicht du zufällig irgendwo meine Brille gesehen?"

„Was schert mich deine Brille!", gab Alfred genervt zurück. „Lauf einfach kreuz und quer durch die Wiese, dann wirst du schon irgendwo drüberstolpern."

„Danke für den guten Rat!", entgegnete Grille Sybille und machte sich sofort auf den Weg kreuz und quer durch die Wiese. Sie stolperte über eine Kiwischale, über eine Zigarettenkippe und zuletzt über ihre eigene Weste. *Hoppla! Die ist mir noch gar nicht abgegangen*, wunderte sich die Grille, zog die Weste an und lief weiter. Sie stolperte nicht mehr, schon gar nicht über ihre Brille. Aber auf einmal stand sie wieder vor dem Schillerkäfer Jaromir.

„Hast du die Brille jetzt gefunden?", erkundigte er sich. Eben hatte er seine Morgentoilette beendet, drehte sich um und musterte die Grille Sybille aufmerksam.

„Nein!", sagte die Grille traurig, „und ich habe wirklich alles versucht."

Jaromir lächelte. „Vielleicht sitzt die Brille ja mitten im Spiegel. Ich an deiner Stelle würde nachschauen."

„So ein Blödsinn!", schimpfte die Grille. Trotzdem warf sie einen Blick auf das glänzende Glas. Und siehe da, da saß sie tatsächlich, die Brille, mitten im Spiegel, mitten auf der Nase von Grille Sybille.

Beifahrer(innen)training
Eric Parisse

Viel entsetzlicher als Lenker, die bei Rot über die Ampel fahren, sind Beifahrer, die ihre Klappe nicht halten können. Eigentlich sollte nichts leichter sein, als auf dem Hintern zu hocken und aus dem Fenster zu starren, während man chauffiert wird.

Aber nein, sie geben dir Anweisungen, die du nicht brauchst, und Meinungen von sich, die du nicht hören willst. Derweil du sie sicher ans Ziel bringst, bringen sie dich um den Verstand.

Beifahrer sind eine chronische und unheilbare Plage, sozusagen die Hämorrhoiden der Straße. Warum fällt es ihnen nur so schwer, Passagier zu sein? Von A nach B zu kommen, ohne das obligatorische Blabla, scheint ein schier unmögliches Unterfangen.

Was treibt sie an? Die notorische Angst vor dem totalen Kontrollverlust? Das Wissen darum, sein Leben einem Primaten anvertrauen zu müssen? Oder einfach nur ihre Ohnmacht, nicht selbst zeigen zu können, wie man eine Kurve richtig nimmt oder den vor dir kriechenden Traktor endlich killt?

Während deine erfahrene linke Hand lässig das Lenkrad umschließt und deine rechte auf dem Schaltknüppel ruht, um gegebenenfalls ultraschnell zu schalten, kämpfen sie um die Herrschaft – wohlgemerkt – von deinem Wagen.

Worüber beklagen sie sich?

Über alles! Über die Geschwindigkeit, die Abkürzung, die Stauumfahrung und natürlich über die kühle Überheblichkeit, mit der du Schilder ignorierst, die sowieso bloß für ausgemachte Rowdys gelten. Wenn du vorausschauend vorsichtig in der Kolonne bleibst, schütteln sie missbilligend den Kopf; wenn du aber vorschießt und zeigst, dass du alles im Griff hast und keinesfalls bereit bist, wegen eines Irren, der ausschert, zu bremsen, bist du aggressiv und rücksichtslos. Nichts als profunder Neid, wie du mit deinem Wagen zurechtkommst und auf deine unglaubliche Selbstsicherheit, mit der du deine Karosse über die Straße jagst. Das Wissen darum macht deine Beifahrer stinksauer. Also versuchen sie, den Status als Beifahrer zu ignorieren. Mit nebulösen Instruktionen wie: „Die Ampel eben war rot, pass auf den Fahrradfahrer auf, die Kurve hast du aber sauber geschnitten. Aber hallo! Da wollte einer über den Zebrastreifen …"

Gott sei Dank hatte ich kürzlich während so einer Fahrt einen geradezu genialen Geistesblitz. Ich werde Benimmseminare für Beifahrer(innen) geben. Eine bestimmt noch nie da gewesene Geschäftsidee, dachte ich! In meinem Kopf sah ich bereits Hunderte im Saal sitzen und meinen Ausführungen aufmerksam lauschen. Und erst die Presseberichte, die Dankesbriefe von Lenkern. Wahnsinn!

Als ich am nächsten Tag meinen Steuerberater wegen der Gewerbeanmeldung aufsuchte, meinte er allerdings, dass ich das ohne weiteres steuerschonend, sprich schwarz machen könne. Es käme sowieso niemand, weil sich nämlich lediglich ein ausgemachter Idiot des einzigen Genusses berauben lasse, den man als Beifahrer habe. Jetzt stehen bzw. fahren wir also wieder im Regen und müssen uns von inkompetenten, selbsternannten Co-Lenkern volllabern lassen.

Dabei wäre es so einfach, so beruhigend – wenn sie einfach nur still dasitzen und anstatt Kommentare in Endlosschleife abzugeben, endlich das Kartenlesen lernen würden, sodass man sich als Fahrer wieder auf das Fahren konzentrieren könnte.

Achtung Nebenwirkungen
Susanne Koller

Jedes Mal – und ich übertreibe nicht, wenn ich sage „jedes Mal" –, sobald ich eine Tablettenschachtel öffne, öffne ich sie auf der Seite, in der der Nebenwirkungspatienteninformationsbeipackzettel liegt. Die Beschreibung der Nebenwirkungen ist natürlich sehr wichtig, das sehe ich durchaus ein. Ich lese vor der ersten Einnahme dieses kleingedruckte, wie einen architektonischen Plan gefaltete Papier auch gerne mit der Lupe und freue mich, wenn ich wieder gesund bin, dass ich trotz der vielen beschriebenen Nebenwirkungen weder die Symptome der ursprünglichen Beschwerden noch neue Beschwerden habe. Doch leider bekomme ich selten den Falz in den ursprünglichen Zustand und falte dann individuell.

Jedes Mal also, wenn ich die Packung auf der falschen Seite öffne, schließe ich die Schachtel wieder, drehe sie um und öffne sie auf der anderen Seite. Ein einfacher Pfeil oder gar nur ein großer Punkt würde doch genügen, um die richtige Seite zu markieren. Fatal daran ist nämlich, dass mit jedem Öffnen auf der falschen Seite die Packung darunter leidet und sich spätestens beim zwölften Mal nicht mehr richtig schließen lässt. Da logischerweise aber auch die gegenüberliegende Seite geöffnet werden muss, lässt sich auch diese nicht mehr richtig schließen. Nach vier Tagen mit einer Einnahme von drei Tabletten pro Tag also habe ich eine Medikamentenpackung, aus der die Tabletten herausfallen, sobald ich sie in die Hand nehme. Wenn die Dosierung auf dreimal täglich lautet, bedeutet das, ich muss die Packung in der Handtasche mitnehmen. Das sorgt auch nicht unbedingt für mehr Stabilität. In der Regel ist es dann so, dass ich ewig in der Tasche herumkrame, um die Tabletten einzusammeln, damit ich sie wieder in der Packung verstauen kann.

Mich nimmt das ziemlich mit. Deshalb hat mir mein Arzt gestern Pillen verschrieben, die mich diesbezüglich etwas ruhiger machen sollen. Ich habe um Tropfen gebeten.

Das unbeachtete Leben eines buchstäblichen Zwischendings
Gabriele Ulmer

Nur wenn es ganz, ganz still ist, in einer finsteren Nacht etwa, kann man es manchmal hören: Das stumme H. Es ist ein stimmloser Ton, wie von einem Flüstern oder Seufzen getragen, ähnlich einem Windstoß. In diesen seltenen Fällen entwindet es sich vorsichtig gehaucht der dunklen Luftröhre. Dem Atem in den Lungen sanft entflohen, rutscht es durch die Kehle, durch die Mundhöhle, schleicht sich am Sehnerv vorbei und kriecht ins nächstgelegene Ohr, wo ihm feinste Sinneshärchen endlich Gehör verschaffen. Das kommt vor. Doch meist bleibt es ungehört.

Sehen kann man es. Das schon. In Wahrheit wird es jedoch mehr übersehen als gesehen. Das stumme H bewusst hören zu wollen, ist vermessen. Es zu sehen, ist eine bewusste Vermessung eines Wortes.

Völlig unbeachtet, fristet das stumme H sein Leben in den geschriebenen Wörtern. Tatsächlich können Wörter, die das kleine H von Rechtschreibung wegen in ihre Mitte nehmen müssen, meist auch ohne dieses Zwischending einwandfrei verstanden werden. Tagtäglich beweisen Handytextnachrichten, dass manches Wort, ginge es um die Lesbarkeit, auf das stumme H verzichten könnte.

Wer weiß, dass man eigentlich auf ihn verzichten könnte, ist im Grunde seines Herzens unzufrieden. Er spürt nicht die Kraft, die im Schweigen liegt. Er fühlt nur Sinnlosigkeit. Sinnlosigkeit jedoch macht das Leben traurig. Und wo die Lebensfreude fehlt, driftet man gerne in die Passivität ab, lässt sich einfach mitgehen. Ein Mitläufer also? Ja, das stumme H ist kein Einzelgänger. Es liebt die Gemeinschaft, es braucht sie. Zugegeben, es könnte gar nicht allein existieren. Diese Tatsache stärkt das Selbstbewusstsein nicht unbedingt. Seine Existenz allerdings ständig zu rechtfertigen, hat etwas Zermürbendes, zwischen den Buchstaben eingeklemmt zu sein, hat etwas Beklemmendes. Längst aufgegeben hat das stumme H die Hoffnung, endlich wichtig genommen zu werden, sie ist einem Wunschtraum gewichen. Es versucht jetzt, seine undankbare Rolle gelassen anzunehmen und im Stillen zu wirken. Nichtsdestotrotz hat das stumme H es schon lange mehr als satt, in der *Ehe* dazwischen zu stehen, im *Weltgeschehen* an den Rand gedrängt zu sein und nicht einmal Aufsehen bei einer *Entführung*, bei einer *Bombendrohung* oder bei anderen *Gefahren* zu erregen. Obwohl es die anderen Buchstaben stets in ihre Mitte nehmen, fühlt es sich phonetisch missachtet und rechtschriftlich ausgenutzt, minderwertig und übergangen. Was nützt es da, orthografisch korrekt zu sein? Korrekte und Angepasste sind zwar stets beliebt, leider aber meistens auch langweilig. Nie ist es aus der Reihe getanzt, nie hat es gestört, nie ein Doppelleben geführt wie einige andere Buchstaben. Ein ruhiger, ehrlicher Charakter. Da gibt es nichts zu sagen. Eben nichts, das ist das Problem. Allein weil darüber geschwiegen wird, ist das stumme H unauffällig, stumm.

Zahlreiche deutsche Rechtschreibreformen hat das stumme H bereits mehr oder weniger unbeschadet überstanden. Noch ist sein Verbleib schreibkulturell und dudenhaft gesichert, und gute Chancen bestehen weiterhin, in *Ehre* alt zu werden. Doch es bleibt die Angst vor dem Verschwinden. Sie ist schlimmer als das Verschwinden selbst. Und so ist die in einer breiten Untersuchung erst neulich festgestellte Zunahme der Analphabeten in Österreich sehr belastend für das stumme H. Weil aber kollektive Schicksale weitaus besser zu ertragen sind als Einzelschicksale (besagte Studie betrifft jeden aus dem Alphabet), stehen sie nach wie vor zusammen, die Buchstaben, in wohlgeordneten Gruppen von Wörtern, Sätzen und Texten. Unter ihnen unscheinbar das stumme H, es war noch nie tonangebend in einer Gruppe.

Es ist ja nicht so, dass es den Anspruch erhebt, der Wichtigste zu sein, einfach nur wichtiger würde schon genügen. Es muss auch nicht unbedingt überall dabei sein. Nein, das auch wieder nicht. Auf einiges verzichtete es sogar liebend gern, zum Beispiel auf sein Leben in *Sühne*, *Zahnweh*, *Gonorrhöe*, *Hohn* oder *Wahnsinn*. Darauf ist es beileibe nicht stolz, dort hält es nur pflichtbewusst die Stellung. Dennoch gibt es einige Wörter, die ihm etwas bedeuten, die es auf keinen Fall verlassen möchte: *Sahne*, *Sehnsucht*, *Wohlstand*, *Gefühl*, *Weihnachten* ..., da wohnt es gerne, da fühlt es sich zu Hause.

Und heimlich und wirklich bloß ganz heimlich – keiner hat je etwas davon gehört – träumt es davon, in der *Öffentlichkeit*, im *Blitzlichtgewitter* oder im *Scheinwerferlicht* zu stehen, wo schon viele andere, vielleicht ebenso sinnlose Buchstaben Platz gefunden haben, nur das stumme H nicht. Und in Wörtern wie *Liebe* und *Frieden* und *siegen* siedelte es sich gerne an, doch dort macht sich schon das schrille E als langes I breit.

Am allerliebsten jedoch wäre es – ist es „Midlifecrisis?" – ganz vorne, groß und hörbar, das H beim *Heldentum* zum Beispiel. Oder beim *Honigschlecken*. Oder beim *Heiratsmarkt*. Es müsste dann – das ist wohl klar, wenn es die Führungsposition innehätte – auf jeden Fall stimmhaft sein. Sonst wäre es *aus* mit dem *Haus*, das *Herz* erstarrte zu *Erz*, *Heilige* wären *Eilige*, die *Hecke* drängte sich in die *Ecke*, die *Herde* versänke in der *Erde*, das *Hoch* verkäme zum *Och*, der *Hall* verklänge im *All* und aus den *Hoden* würden *Oden*. Doch die Befürchtung bliebe, dass es auch dort verschwände und stumm bliebe, weil es halt stumm ist. Ach, was soll's! Das stumme H hätte keinen Wert an erster Stelle. Das muss es sich schon ehrlich eingestehen. Es würde da gewiss so wie die H's in den romanischen Sprachen gänzlich in der Lautlosigkeit verschwinden. Im französischen Sprachraum heißt das H übrigens „Asch" und im spanischen „Atsche". Das muss man sich einmal laut vorsprechen: Asch, Atsche. Kein Wunder, dass so ein Ton verschwindet! Na, so weit kommt es noch! Im Deutschen ist sein Name H, stummes H. Nur wiederholen darf man es beim Buchstabieren nicht, denn dann klingt es in der Tat auch im Deutschen lächerlich: Haha. Nur das nicht! Andere im ABC-Darium – das ist einfach nicht zu überhören – machen sich beim Buchstabieren wesentlich besser, zum Beispiel das M oder das A, die kann man sich auf der Zunge zergehen lassen: Emmmmm ... Ahhhhhh ... Also klammert sich das stumme H an diese wohlklingenden anderen, verhält sich überaus anhänglich und sonnt sich auch ein wenig in deren gutem Licht. Verschreiben sich andere Buchstaben also auf Biegen und Brechen der Stimme, so beschränkt sich das stumme H auf Lehnen und Dehnen. Seine nicht ganz freiwillige Abhängigkeit wurzelt im Glauben, dass eine geliehene Stimme oder der Verzicht auf eine eigene hörbare Stimme immer noch besser ist als gar nicht da zu sein. Gut, Verzicht ist eine Tugend. Aber ob diese Tugend wirklich so oft und ein Leben lang geübt werden muss? Und ist ein großes Übermaß von Verzicht denn nicht auch Verschwendung?

Schon lange hat sich das stumme H also mehr oder weniger damit abgefunden, nicht vorne, sondern klein und bescheiden mittendrin zu sein. Minderwertig. Und wertlos.

Aber, aber ... ist das stumme H denn wirklich wertlos? Beileibe nicht! Es übt wichtige Funktionen aus, das muss schon einmal klar ausgesprochen werden. Wenn es sich hinter die Vokale stellt, verlängert es die Klangzeit. Es stärkt den Rücken, bringt sie zur Geltung und bremst gleichzeitig die Geschwindigkeit der Sprache. Andererseits, wer möchte denn schon eine Bremse sein, ein Sprachverzögerer? Jeder möchte doch lieber etwas vorwärts bringen. Die Rolle ist höchst undankbar. Wenn das stumme H allerdings fehlen würde, dann gäbe es einen Fehler im *Fehler*. Und es darf auch nicht vergessen werden, dass es durchaus ästhetische Qualitäten zeigt, wenn es angelehnt an das schlanke T das *Theater* erst theatralisch macht und wenn es dem *Rhythmus* Form verleiht, der *Kathedrale* etwas Altehrwürdiges, dem *Katheder* Halt und dieser *Anthologie* Inhalt. Und nicht nur das, es macht gelegentlich Sinn! Das stumme H verwandelt das *Meer* in ein *Mehr* und das *Mal* in ein *Mahl*. Ohne das stumme H wäre die *Wahl* ein *Wal* und die *Uhrzeit* eine *Urzeit*. Und in diesem Zusammenhang die wichtigsten Fragen: Müsste man sich zwischen verschiedenen Nüssen entscheiden, wenn man eine *Wahlnuss* äße, anstelle einer *Walnuss*? Und was ist besser, die *Gehhilfe* oder der *Gehilfe*? Der *Gelehrte* oder das *Geleerte*? Ja, es ist klar, ohne stummes H geht es nicht! Aber eben stumm muss es bleiben in seinem engen Habitat.

Doch Halt! Da ist ja auch noch diese einzige kleine Ausnahme, die ihm ganz weichherzig das harte P gestattet. Angeschmiegt an jenen Buchstaben, darf das H sich zum Ton erheben, sich zum Beispiel in der *Phantasie* zu einem hingeblasenen F artikulieren. Nun, ganz ehrlich, ein ernstzunehmender Laut ist das auch nicht, mehr ein Restlaut, nämlich ein Restprodukt des Atemluftstroms, nichts als ein labiodentaler Reibelaut. Nicht laut, nicht leise. Aber es ist allemal besser als nichts. Nur – und das ist der Wermutstropfen daran – heißt es in der Partnerschaft mit dem P seine wahre Identität aufzugeben und ein F-Wort zu sein, worüber das stumme H wiederum nicht glücklich ist, denn ein H ist ein H und kein F.

Es ist wirklich zwecklos, dem stummen H eine Stimme, einen Laut, zu verleihen. Denn wenn es laut ist, ist es ja nicht mehr stumm. Das wäre auch gleichsam sein Ende. Seine physische Existenz verdankt es schließlich der akustischen Nichtexistenz. Kurzum, das stumme H ist zum Stummsein verdammt. Ist Stimmenthaltung Schicksal? Oder ist es gar Bestimmung? Wir werden es nie erfahren. Und trotzdem, das stumme H richtet immer wieder seine Oberlänge auf und sagt sich: „Dabei sein ist alles!"

Es bleibt ihm ja allemal der Trost, dass es immer schon die wichtigeren Dinge im Leben waren, die nicht zu hören sind. Und nur diese werden in der Stille einer finstern Nacht laut.

Meine Bedienungsanleitung
John Hesselaar

Monatelang schrieb ich an dieser Bedienungsanleitung
Monatelang interviewte ich jeden, den ich kannte
Monatelang korrigierte ich das Geschriebene
Immer wieder

Wochenlang lernte ich mehr über dieses Thema
Wochenlang entdeckte ich neue Seiten
Wochenlang sprach ich nur hiervon
Immer wieder

Viele Tage verwendete ich mit der Suche nach Bildern
Viele Tage ordnete ich das erarbeitete Material
Viele Tage zog ich mich dafür zurück
Immer wieder

Stundenlang überdachte ich jeden Satz
Stundenlang war ich fassungslos
Stundenlang korrigierte ich
Immer wieder

Jetzt – wo die Bedienungsanleitung über mich für dich komplett ist
Jetzt – fragst du mich, wo ich die ganze Zeit war
Jetzt – verstehe ich:

Vor ein paar Jahren
Habe ich dich wochenlang
jeden Tag falsch verstanden
Als du stundenlang zu mir gesagt hast:
„Ich will alles von dir kennenlernen."

Hol mi doch do Guggar
Klaus Höfle

Do Ferde hockt i sinor Werkschtatt und ischt hüt ouscho bessor ufgleit gsi. I dor uono Hand dio Beschriebig und i dor andoro si Moschtglas, probiort ar sit nar gschlagno Stund zum ussarfiondo, wioso der depat Vogl nid ussarluoga will. Dorwil heat ar se scho do ganzo Tag ufs Fuoßballmätsch gfröüt. Schlioßlä schpilat hüt dio dütsch gegot die öschtrichische Nationalelf und as het ean scho rooß intressiort, ob dio Rot-wiißo dagegothebond odr ob sä widramol uos uf`n Sack kriogend. Ab`r nei, usgreochnat hüt schloapftd' Marianne a Kuckucksuhr doher.

Do Ferde niommt an ghöriga Schluck und loht an schwära Schnuf. Zerscht heot ean des gschiondlatä Hüsle us`m Schwarzwald jou gfröüt. Abr wo sä dio alt Stubauhr gegotdio nöü tuschat händ und druf ko siond, dass do Kuckuck zur vollo Schtund kuon Nagglar tuot, heot ar wello sinaFernsehobot retta und lut dänkt: „Des Glump kascht grad zruckbringo, as wiod`sbrocht heoscht." Ab`r sine Marianne heat des nobl überhört und bloß gmuont: „Abr Ferde, hütischt doch der letscht Tag vo dor Dorobiorar Meoss und z`schpät ischt as grad no dazuo. Und i gloub nid, dass moan no eoppar omanand ischt." Dänn heot sä`n liab aglacht und in ar Tonlag höhor gseit: „Muonscht nid, Ferde, du küntischt amol i des Hüsle ine luoga? Woascht Ferdinand, du heascht doch als pensioniorta Traktormechaniker so gschickte Händ. Bitte Ferdinändle!"

Und weil er nid glei reagiort heat, heat se glei nochgleit: „I mach dr dafüor moan zmittag ou Riebl mit Öpflmuos."

„Und i bio all widr glich deppat und fall uf se ine." Grob schtellt do Ferde 's Moschtkrüogle uf d`Werkbank und blättorat i deom Kuckucksuhrhandbüochle vor und zruck. Aber ussr, dass ar dio Uhr nid uftua dürft, will sus dio Werksgarantie verfallt, liost ar nünt Gschids us deoro sowiso vil zklänn gschriobono Beschriebig ussar.

„Zefix!"

Ar trinkt sina Moscht us, goht in Vorratskeor und schänkt se noch. Widr zruck schrüflat ar kurzahand des gschiondalate Holzhüsle abar und luog do ... zmol ischt`m alls klar. Dio Zugketto für o Kuckucksussarluogantrib heot sä zwischot zwoa Zahrädle varklämmt. Wohrschinle vom Transport.

„Mit guot Glück dartuor i do Apfiff vom Mätsch doch no", muontar zu n`mseolb. Wil sine Traktormechanikarfingor abr zgroß und zgrob für des filegrane Rädlewerk siond, holt ar schneoll deon klänschto Schrufozüchar, wo'n ar fiondt, und fuzlat zwüschat all deona Zahrädle dio Kette oussar. Was dom Ferde grad meh Arbat macht als an Keilriomo von am Traktor zum weochsla. Schlioßle söt ar jo dio Zahrädle nid grad varbücko. Dänn leit ar dio Kette über`s Antribszahrad, wion ar muont, und schrüflatdioSchiondlfassade widr as G'hüs. Gschwiond hänkt ar d`Kuckucksuhr an an provesorischo Nagl a dr Wand übrm Werkschatttisch.

„Södele, jetzt pass amol uf!"

Gschpannt fahrt ar mit´m Minutazoagar üb`r a volle Stund und ...

„Kruzefix!"

Nünt rüort se und do Ferde loht an Schroa: „KuonNagglar tuot des Glump! Und zu allom", er wogat an Blick uf sine Armbanduhr. „Do Apfiff hion i grad ouno varsumt. Zefix!"

Dänn schlacht ar mit dr Fuscht uf d`Werkbank, als künt dio eoppas dafüor und redt mit se seolb: „Wioso bion i all glich blöd und lass me mit mim Lioblingseosso übrreda. Mine Alt hockt i d`r warmo Schtubo und luogat ihr`n Pilcharschmarra und i ...?

I hock i d´r kalto Werkschtatt und varsumm des wichtigscht Mätsch vom Johr."

Schneall rupft ar a paar Kaschtatörle uf und zücht schlioßle usor untorschto Werkbankschublad an alts Transischtorradiöle ussar. Und luag do, des zumindescht funktioniort einwandfrei.

„Des ischt halt no Wertarbat", rutscht as usm ussar. „Und nid a so a filigrans Glump us`m Schwarzwald. Wänns dänn nid eh us China kut." Uf des abe schrüflatar, a klä gröbr wio vorher, no amol dio Uhr uf, luogat, dass dio Zugkette ouf`m Kuckucksantribsrädle zum liggo kut und hänkt als zämmo, däsmol ohne Fassade, an Nagl. Ma lernat jo schlioßle dazuo.

„Södele. Wenn`d jetzt all no schtraikscht, garantior i für nünt meh", loht do Ferde d`Uhr mit usgschtrecktem Zoagfingor wiossa. Und luog do. Won ar mit`m Minutazoagar om d`voll Stund ommefahrt, gugarat doch glatt der Vogl luthals us sinom Neoschtle ussar. Acht mol guggara für dio voll Schtund Achte, aswionas se grad ghört, stellt ar zfridofescht. Des ischt`m Ferde grad no a Möschtle wert. Und so goht ar uomol meh in Vorratskeor. Widr zruck hänkt ar Kuckucksuhr ab und montiort dio Schiondlfassade as G'hüs. Schließle goht des bloß vo dr Rucksito. Mit anam broata Grinser hänkt ar d`Uhr nomol uf und will grad do Minutazoagar draio, do loht do Reportar im Radiöle an murds Schroa: „Tor, Tooor, Tooooooor! Eins zu null für Österreich – unglaublich! Kurz vor Ende der ersten Halbzeit – Österreich in Führung!"

Do Ferde varzücht 's Gsicht und niommt an Schluck.

„Zefix!"

Dänn kriogtar´s zmol pressant und fahrt mit`m Minutazoagar om d`vollStund. Abr desmol … Do Ferdeka`s nid gloubo. Nünt rüort se. Kuon Voglgschroa, kuon Guggar wo ussarluogat, absolut nünt tuot sä.

Und wänn sä do Ferde bisher no ganz guot im Griff khio heot, jetzt platzt iom do Krago endgültig. Schließle goht as om dio zweit Halbzit.

„Kruzefix, du Scheißglumpat – Nüntigs", lärmatar durch d`Werkschtatt. Mit uom Zug trinkt ar 's Moschtglas üb`r Kopf us und knallt des Krüogle uf'n Tisch, dass si Werkzüg bloß so Jück niommt.

„I hio dä gwarnt", loht ar an Schroa und tschuttat mit sinom Fuoß so fescht i d'Werkbank, dass dio mit am Ruck i d'Wand dahiontor tätscht. Und des ischt deom profisorischo Nägele zviel gsi. Vor do Ferde übrhaupt übrrupft, wio iom gschioht, landat die Kuckucksuhr mit am luto Tschepparar miotta ufor Werkbank.

„Jetzt heoscht do Dreock, du Glump du Nüntigs", lärmat do Ferde dio Kuckucksuhr a. Us lutr Zorn git ar ioro grad no an Tatsch mit dr flacho Hand. Und dänn ... ufzmol ... dom Ferde würd ganz andrscht ... goht doch glatt des Türle uf und 's Vögele guggarat dom Ferde freoch is Gsicht. Nümol zur vollo Schtund, as wia`s grad ghöro tät.

Italienisch verzollen
Eric Parisse

Mario begutachtet mit kritischem Blick die zwei Kartons, die akkurat übereinander gestapelt vor ihm stehen. Im Kofferraum seines kleinen Jeeps haben sie jedenfalls nicht Platz. Gut, dann halt auf den Rücksitz damit. Verdammt schwer die Dinger, stellt er fest, als er sie hinein hievt. Er wirft die Türen zu und läuft zurück zum Empfang im Erdgeschoss. Dort stehen Thomas und Claudia beisammen am Tresen und warten scheinbar auf ihn.

Mario wendet sich an Claudia: „Hast du die Papiere für den Zoll? Claudia hebt die Schultern an und sieht fragend zu Thomas.

Der grinst und sagt: „Wofür Papiere? Das sind nur Prospekte, 1.500 Stück simple Werbebroschüren. Du fährst beim Zoll einfach durch. Da gibt's nichts zu verzollen. Winke, winke und durch!" Mario blickt ein bisschen skeptisch drein, gibt sich aber zufrieden.

„Okay, wenn du das sagst, du bist Jurist, du wirst es schon wissen."

„Wann schätzt du, bist du unten?", fragt Claudia, „der Chef wartet nämlich schon darauf – die Pressekonferenz ist um 14.00 Uhr."

Mario unterdrückt einen Fluch und antwortet brüsk: „Jetzt lass mich doch erst einmal losfahren – wenn's keinen großen Stau an der Grenze Chiasso/Como gibt, brauche ich etwa zweieinhalb Stunden bis Ascona, aber ich bin ja kein Hellseher."

„Schön!", flötet Claudia zuckersüß, „jetzt ist es viertel nach acht. Dann kann ich dem Chef ausrichten, dass du so um elf, spätestens halb zwölf da bist."

„Von mir aus. Also, ich fahre jetzt los, bis morgen dann!" Mario wendet sich ab und läuft in die Garage zurück. Solche kurzfristigen Aufträge hat er dick. Als ob er nicht schon ohne solche hirnrissigen Ideen den ganzen Tag wie ein überdrehter Motor laufen würde. Aber gut, wenn man ihn schon ins Tessin dirigiert, will er den Tag wenigstens genießen und seine Frau mitnehmen. Er fährt die paar Kilometer Umweg zu sich nach Hause, wo Klara, seine Frau, bereits vor der Haustür wartet.

Sie freut sich darauf, wieder einmal ein paar sonnige Stunden und vielleicht noch ein Abendessen am Lago Maggiore zu verbringen.

Die Fahrt geht zügig voran. Bis auf ein paar kleinere Baustellen unterhalb des San Bernadino hält sie nichts auf. Ganz normaler Mittwochvormittagverkehr. Alles paletti. Alles nach seinem Geschmack. Tolles Wetter und im Auto seine Lieblingshits. Er dreht den CD-Player voll auf und singt inbrünstig mit DJ Ötzi den Hit „Ein Stern, der deinen Namen trägt...".

Als sie den Tunnel hinter sich gelassen haben, fragt Klara:

„Wie schaut's aus? Haben wir noch Zeit für ein kleines Frühstück? Du weißt schon, beim *Mövenpick* in Bellinzona. Ich hätte Lust auf einen Cappuccino."

Mario wirft einen Blick auf die Uhr. 10.05 Uhr.

„Warum nicht, wir liegen gut in der Zeit. Aber nur eine Viertelstunde!"

In der Raststätte werden sie allerdings von einem beachtlichen Andrang überrascht. Kurz vor ihnen muss gerade eine große Reisegruppe hineinmarschiert sein.

Als sie endlich ihren kleinen Imbiss hinter sich haben und wieder im Auto sitzen, ist eine Dreiviertelstunde vergangen.

Marios gute Laune ist erneut im Keller: „Jetzt können wir nur noch hoffen, dass an der Grenze kein großer Stau ansteht." Er setzt die Sonnenbrille auf und gibt Gas. Über den Monte Ceneri verdichtet sich der Verkehr zwar merklich, aber sie kommen immer noch gut voran. Die Kolonne vor dem Grenzübergang Chiasso/Como ist ebenfalls überschaubar. Mehr als zehn Minuten würden sie für das Passieren der Grenze nicht brauchen. Alles paletti. Mario singt wieder, diesmal im Duett mit Andreas Gabalier. Im Schritttempo fährt er auf die nächst gelegene Spur, nahe dem Grenzhäuschen. Lässig den Arm aus dem Fenster hängend, passiert er einen der Zöllner.

Wie der nur schon da steht, denkt Mario, *gelangweilter Machotyp, halt ein typischer „Tschink", sicher tief aus dem Süden herauf versetzt.* Dieser Grenzübergang behagt ihm überhaupt nicht. Das mulmige Gefühl im Bauch kommt vor allem daher, dass er kein Wort Italienisch spricht, deshalb hat er auch seine Klara mitgenommen, aber das muss sie ja nicht wissen.

Der Grenzer setzt bereits zu einer lässigen Handbewegung an, um ihn durchzuwinken, als sein Blick auf die Kartons auf dem Rücksitz fällt. Die Hand schnellt abrupt in die Höhe und bedeutet „stopp". Ohne ein Wort zu verlieren, weist er auf einen freien Stellplatz. Die Geste an sich duldet keinen Widerspruch; die Miene des Zöllners lässt nichts als die eiskalte Entschlossenheit zu einer Amtshandlung erkennen. Reine Willkür natürlich. Es gibt ja nichts zu beanstanden.

Marios schlechte Meinung von den Italienern bestätigt sich wieder einmal. Am liebsten würde er sofort umkehren. Wütend stellt er den Motor ab und wirft die Sonnenbrille auf die Ablage. Wahrscheinlich besser so, denn diese tolle verspiegelte Brille verleiht seinem ohnehin südlichen Aussehen einen filmreifen Mafioso-Touch. Nicht optimal. Nicht an diesem Grenzposten.

11.25 Uhr. Der Zöllner macht keinerlei Anstalten, ihn abzufertigen – oder überhaupt irgendwas zu tun. Mario verharrt einige Minuten im Wagen und flucht still vor sich hin. Aber es dauert nie lange, bis Mario innerlich kocht, auch diesmal nicht. Er steigt also aus dem Wagen, überquert energischen Schrittes die Straße, geht auf diesen „Tschink" zu und fragt ihn – alle aufgestaute Aggression tief in seinem Bauch vergraben – freundlichst, was er denn nun tun müsse. Der Italiener, einen guten Kopf größer als Mario, baut sich djangomäßig vor Mario auf und hält ihm, in Worten und Gesten mustergültig italienisch, einen Vortrag.

Im folgenden Disput versteht der Zöllner kein Wort von dem, was Mario ihm in reinem Hochdeutsch (gut, ein paar Dialektwörter ausgenommen) klarzumachen versucht. Mario seinerseits kapiert nichts von dem, was der „Tschink" ihm vorfaselt. Mag sein, dass der Typ auch Dialektwörter gebraucht, aber das spielt in diesem Moment keine Rolle. Doch ein Wort, das mehrere Male fällt und das ihm von seinen Italienurlauben in Erinnerung geblieben ist, versteht er.

„Pagare!"

Mario kontert fix: „Nix pagare!" Er rennt zum Wagen hinüber, holt ein Exemplar des Hochglanzprospektes und fuchtelt damit vor der Nase des Zöllners herum: „Nur Werbematerial, Prospekte, gratis, kostet nix, nix Zoll, verstehen Sie!"

Der Zöllner ignoriert seine verzweifelten Erklärungsversuche und deutet auf das Glashäuschen. Quasi, er solle ihm aus dem Weg gehen und mit dem Beamten der Zollabfertigung reden.

Marios Blutdruck steigt jetzt in schwindelerregende Höhen. Vor ihm stehen acht Leute an diesem Schalter. Haupt-sächlich LKW-Fahrer, jeder mit stapelweise Papieren.

12.10 Uhr. Endlich kommt er an die Reihe. Er legt dem Beamten die Broschüre vor und versucht, ihm deutlich zu machen, dass es nur 1.500 Stück Werbeprospekte sind, die keinen Wert haben.

Der Beamte hört ihm eine Weile gelangweilt zu, dann wird es ihm zu bunt und er sagt auf Englisch: „Two thousand Euro Tax! Cash in hand! Do you understand?" Mit einer abschließenden Handbewegung und einem wütenden „Basta!" beendet er seine Amtshandlung, vor-läufig jedenfalls.

Mario läuft zurück zum Wagen. Zornig wirft er den Prospekt auf die Ablage. Klara schaut ihn fragend an. „Das glaubst du nicht! So, wie ich den Typ verstanden habe, will der tatsächlich zweitausend Euro von mir."

„Was! Wofür denn?", entrüstet sich Klara, „das sind doch keine Waren. Er hat sich ja nicht mal angeschaut, was in den Kartons ist! Warte, ich rede noch mal mit ihm." Sie nimmt die Broschüre und läuft Slalom durch die stehende Autoschlange zum Glashäuschen. Zum Glück steht im Augenblick niemand dort an. Nachdem der Beamte in aller Ruhe einige Papiere durchgesehen hat, nimmt er Notiz von ihr. Ein kurzes, heftiges Wortgefecht auf Italienisch folgt, dann kommt sie wieder zurück zum Wagen.

„So ein penetrantes Arschloch!", schimpft sie. „Ich fasse es nicht! Aber so wie's aussieht, müssen wir bezahlen, sonst kommen wir nicht durch."

„Verfluchte Scheiß-Itaker! Der Chef macht mich einen Kopf kürzer, wenn wir nicht pünktlich da sind – hast du deine Kreditkarte dabei, ich habe nämlich nur 500 Franken als Reserve mit?"

„Ja, natürlich." Sie kramt in der Handtasche nach der Geldbörse und gibt ihm die Karte.

Der Zöllner lehnt an der Glaskabine und raucht.

Mario wedelt mit der Kreditkarte und sagt in perfektem Italienisch: „Pagare, per favore."

Der Zöllner grinst und schüttelt den Kopf. „No Card, cash only!"

Mario wäre dem Typen am liebsten ins Gesicht gesprungen. Aber den drohenden Anpfiff seines Chefs im Hinterkopf eingeblendet, hält er sich abermals zurück und winkt stattdessen Klara herbei. „Klara, frage ihn bitte, wo es hier einen Bankomat gibt, er will das Geld nur in bar."

Klara tut wie geheißen und erhält auch eine korrekte Antwort. „Chiasso, Centro!" Das darf doch alles nicht wahr sein! Gibt es denn im ganzen Grenzgebiet keinen

Bankomat? Doch, aber auf der italienischen Seite und da dürften sie nicht rüber, wie ihr der Kerl süffisant erklärt.

12.50 Uhr. Mario hat endgültig genug. Mittlerweile verflucht er nicht nur den „Itaker", sondern auch Thomas, den übergescheiten Juristen aus der Firma, dem er diese Bredouille zu verdanken hat. Und sowieso entwickelt sich der ganze Tag zu einer absolut heiß dampfenden Kacke.

Sie umrunden das Glashäuschen und fahren zurück Richtung Chiasso-Zentrum. Inzwischen haben sie mit der sinnlosen Aktion mehr als eine Stunde verplempert. Dazu noch die Verspätung vom Frühstück. Und damit nicht genug. Es geht weiter in diesem „Kriech-Tempo". Auf dem Weg ins Zentrum verlieren sie nämlich eine weitere halbe Stunde, weil sie in den Mittagsstau geraten.

13.25 Uhr. Endlich stehen sie vor einem Bankomat. Mario wischt sich den Schweiß von der Stirn und schiebt die Karte rein. Prompt bekommt er ein Limit von 400 Euro angezeigt. Raus mit der Kohle.

„Klara, du musst mir mit deiner Karte aushelfen …" *Klara hat sicher nicht so ein blödes Limit, die verdient schließlich doppelt so viel wie ich*, denkt er.

Sie verdreht die Augen, steckt aber brav ihre Karte rein. Auch sie darf sich über maximal 400 Euro freuen, aber sie hat eine Idee. „Ich kann auch mit meiner Kreditkarte Bargeld beziehen. Warte, ich probier's mal." Nach ein paar Klicks und dem richtigen Pincode leuchtet das Menü auf. Höchster zu beziehender Betrag 800 Euro. „Gott sei Dank, wenigstens das klappt!" Mario seufzt. Ein riesengroßer Brocken fällt von ihm ab.

„Was jetzt?", fragt Klara, „das ist immer noch zu wenig!"

„Doch, das reicht. Ich hab ja noch die 500 Franken in bar dabei, das müsste sich bei einem halbwegs normalen Kurs locker ausgehen." Nun wieder etwas besser in Stimmung, drückt er auf's Gas und zieht schwungvoll die Serpentinen Richtung Grenze hinauf. Just in dem Moment, als Mario die letzte Gerade vor dem Grenzzubringer in Angriff nehmen will, steht da plötzlich ein Polizist mit einer roten Kelle vor ihnen und weist sie in eine Parkbucht.

„Chan ich no Ihren Fahruswies ha, bitteschön." Alles korrekt bisher. Freundlich, fast auch noch in Hochdeutsch.

„Natürlich" Mario sucht eilfertig im Handschuhfach nach den Papieren. Die hat er immer ordentlich beisammen, da gibt es nichts auszusetzen.

Der Polizist blättert im Ausweis und stellt beiläufig die Frage: „Wissen Sie, wie schnell Sie unterwegs gewesen sind?"

Mario bemüht sich, dem Polizisten zu erklären, wie sie vom Zöllner schikaniert worden und jetzt schon über zweieinhalb Stunden verspätet seien. Es tue ihm leid, wenn er zu schnell unterwegs gewesen sei, aber unter diesen Umständen sei es schon zu verstehen, oder nicht?

Natürlich verstehe er das, meint der Polizist gutmütig, keine Frage, schließlich kenne er ja die Pappenheimer da oben, die nicht nur ihm, dem Mario, den Grenzübertritt schwer machen, aber er könne leider nicht von einer Abmahnung absehen und müsse halt wohl oder übel hundert Fränkli kassieren.

So, Mario, jetzt nur nicht durchdrehen!, spricht er zu sich selbst. Zu seiner Frau sagt er, nun schon etwas kleinlaut: „Hast du vielleicht noch 100 Franken?" Klara grinst ihn an „Ja, du hast aber auch ein Glück heute, dass du mich dabei hast ..." Sie gibt dem Polizist den Hunderter. Der stellt ihr noch einen Beleg aus und warnt Mario, nicht mehr so schnell zu fahren. „Die Italiener kennen da nämlich noch weniger Spaß, da dürfen Sie das Auto gleich stehen lassen."

13.45 Uhr. Jetzt hilft gar nichts mehr, außer der Flucht nach vorne. Er ruft Claudia im Büro an und lässt erst mal den Frust ab. Danach weist er sie noch an, dem Chef mitzuteilen, dass er erst gegen 15.30 Uhr da sein werde und legt auf. *Die können mich mal alle,* denkt er und fährt von jetzt an gemütlich weiter.

Beim Zollgebäude parkt er abermals auf einem seitlichen Stellplatz. Er gibt seiner Frau die 500 Franken: „Geh du bitte hinein und bezahle. Wenn nämlich noch irgendwas ist oder was fehlt, dann kannst du wenigstens mit ihm reden." Klara richtet sich die 1'600 Euro und die 500 Franken zusammen und geht zum Schalter. Es ist niemand vor ihr. Der Zöllner grinst sie an und fragt frech, ob sie die 2.000 Euro endlich beisammen habe.

Klara lässt sich nicht mehr auf einen Wortwechsel ein. Sie schiebt ihm das Geld über die Theke. Erstaunt blickt er auf die 500 Franken. Klara erklärt ihm, dass es nicht möglich war, mehr als die 1'600 Euro vom Bankomat zu beziehen. Er überlegt einen Augenblick, dann schiebt er das Geld in eine Schublade und bedeutet ihr, dass die Sache erledigt sei. Klara, in ihrem Beruf gelernte Buchhalterin, ersucht höflich um eine Quittung. Der Kerl schaut sie an, als ob sie nicht ganz bei Trost sei, schüttelt den Kopf und meint nur lapidar: „Mi dispiace, non Ricevuta."

Das ist doch die Höhe. Wie soll Mario dann mit dem Chef abrechnen. Das glaubt ihm doch kein Mensch. Sie versucht es noch einmal. Zuerst mit einer höflichen Bitte und als er immer noch kein Ohr dafür hat, mit der Drohung, dass sie sich beschweren werde. Da verliert der Kerl endgültig die Geduld. Seine Hände wischen mit einer wegscheuchenden Bewegung über den Tresen, begleitet von den Worten: „Andare finalmente, altrimenti ci pensero ancora!" *Gehen Sie endlich, sonst überlege ich es mir noch!*

Mit hochrotem Kopf geht sie hinaus. *Gibt's denn so etwas heutzutage noch? Und das mitten in der EU?* Sie ist geradezu baff vor Aufregung.

Mario sagt nichts dazu. Ihm langt's für heute. Als sie in Ascona ankommen, ist es halb vier am Nachmittag. Der Chef lacht bloß, als Mario die Story erzählt. „Schwarz verzollt habe ich auch noch nie", meint er, „und übrigens, die Pressekonferenz ist erst morgen um 14. 00 Uhr."

Chinesischer Frühling
Stefan Heinzle

Unlängst schiebt mich meine Gattin wieder einmal in unseren Garten: Ich solle gefälligst Unkraut jäten. Dies ist bei uns so ein Ritual, das sich alle paar Wochen wiederholt, und die Rangordnung der in unserer Ehe beteiligten Personen dokumentieren soll. Meine Gattin, die ich übrigens über alles liebe, schafft an, und ich, ihr Gatte, führe aus. Da begebe ich mich also auf Wunsch meiner Gattin hin in unseren Garten, und was entdecke ich zwischen dem Schnittlauch- und dem Mohrrübenbeet?

Sie werden es nicht glauben, aber da liegt doch tatsächlich eine Neutronenbombe herum. So eine halbgroße Neutronenbombe, vermutlich noch im Teenageralter, mit dickem Bauch und kleinem Zünder dran. Die liegt so da, als ob sie meinen Garten verschönern oder sich an meinem Gemüse zu schaffen machen wolle. Ich, neugierig, wie ich bin, beuge mich sofort zu dem Ding runter und versuche, es zu drehen, um möglicherweise einen Absender zu erkennen. Die Neutronenbombe ist aber so schwer, dass ich sie keinen Millimeter von der Stelle bewegen kann. Das wird vermutlich so sein, weil derjenige, der mir diese Neutronenbombe in den Garten gelegt hat, diese mit Neutronen bis zum Bersten vollgestopft hat. Was übrigens auch an ihrem dicken Bauch zu erkennen ist.

Ich frage mich, wer mir dieses Ding wohl in den Garten gelegt haben könnte? Da fällt mir nur der Gärtner ein. Mit dem hatte ich letzthin Streit, weil er mir für das Heckenschneiden zu viel berechnen wollte. Sie wissen ja, wie Gärtner sind, oder? Nein? Mein Gärtner ist jedenfalls so. Und außerdem besitzt mein Gärtner auch das technische Gerät, um eine mit Neutronen vollgestopfte Bombe überhaupt in meinen Garten zu hieven. Und zudem – behauptet zumindest meine Frau, mir fällt das in der Regel ja nicht auf –

habe er einen sehr muskulösen Körper. Egal! An der Schattenseite des Zünders sehe ich einen Produkthinweis, einen EAN Code. Da lade ich mir doch gleich eine App auf mein Smartphone, die es mir ermöglicht, EAN Codes zu entschlüsseln. Was muss ich feststellen? Sie werden das nicht glauben. Wurde doch diese Neutronenbombe, die sich im Herzen meines Gartens, zwischen Schnittlauch- und Mohrrübenbeet befindet, in China produziert.

Jetzt müssen Sie sich vorstellen, dass ich nicht unbedingt das Werkzeug besitze, obwohl ich mich zumindest bemühe, handwerklich eine gute Figur zu machen, wie meine Frau zu sagen pflegt, um eine Neutronenbombe entschärfen zu können. Da überlege ich, lieber meinen guten Freund Rudi anzurufen. Sie müssen wissen, Rudi ist Klempner, der auch ab und an mal Nachbarschaftshilfe gegen gute Bezahlung betreibt und deshalb auch einiges an Werkzeug in seinem Keller gebunkert hat. Er behauptet immer, dass er in seinem Leben noch nie ein Werkzeug gekauft habe, da er die Sachen, die er gerade brauche, immer in seiner Bude finde, bevor sie jemand verliere. Andere Geschichte.

Kaum angerufen, steht Rudi schon am Gartenzaun, in der einen Hand eine Wasserpumpenzange, in der anderen Hand einen Rollgabelschlüssel, sieht sich meine Neutronenbombe an, kratzt sich kurz die Kopfhaut und meint:

„Wo ist das Anschlussrohr?"

„Welches Anschlussrohr? Mensch Rudi, das ist kein Ausdehnungsgefäß und kein Untertischboiler, das ist eine verfluchte Neutronenbombe!".

Rudi scheint meine Aussage nicht sonderlich zu interessieren. „Wo ist das Absperrventil?"

„Mensch Rudi", sage ich schon ein wenig genervt, „hier geht's nicht darum, Boiler zu entkalken oder Heizkörper zu entlüften oder so was in der Art, du sollst diese scheiß Neutronenbombe entschärfen."

„Ne", ruft er und läuft weg.

„Mensch Rudi, bleib doch hier! Ich hole noch Helmut dazu, dann werden wir das wohl hinkriegen. Außerdem habe ich gestern erst zwei Kisten Bier gekauft. Aktion. Steht jungfräulich im Keller."

Rudi kehrt zur Neutronenbombe zurück.

„Dann ruf Helmut an! Erst bring aber noch ein Bier vom Keller! Durst!"

Helmut steht zehn Minuten, nachdem ich ihn am Telefon gefragt habe, ob er einen verdammt guten Elektriker kenne, bei uns im Garten. In der einen Hand einen Stromprüfer, in der anderen einen abisolierten Schlitzschraubendreher.

„Wo ist die Phase und wo ist der Nullleiter?"

„Mensch Helmut, du bist doch der Elektriker. Schraub bitte die Zündkappe ab, prüf die Verkabelung und schneid den richtigen Draht durch! Betonung auf den *richtigen* Draht. Ich kann in meinem Garten keine Unordnung gebrauchen. Darum bemühe dich, den richtigen Draht zu durchtrennen!"

„Ne", lehnt er ab, „ist mir zu heiß. Bring lieber ein Bier! Durst!"

Da werde ich doch ein wenig ungeduldig. Ich soll hier das Unkraut jäten und jetzt liegt hier eine blöde Neutronenbombe im Weg. Ich probiere, sie nochmals zu bewegen. Ziehen, zerren, hebeln, schieben, kratzen, beißen; sie bewegt sich keinen Millimeter. Ich trete den Fuß so doll gegen das Ding, dass sich mein Fuß sofort anfühlt, als ob mir Rudi einen Gussheizkessel darauf gestellt hätte. Nichts passiert. Da denke ich mir, wieso sende ich sie nicht einfach an den Hersteller zurück? Am besten an die chinesische Regierung bzw. das chinesische Regime. Nicht, dass die nervös werden, wenn sie die nächste Inventur machen und sich die Neutronenbombe, die in meinem Garten liegt, in ihren Beständen nicht mehr finden lässt.

Rudi und Helmut helfen mir, das Ding zu einem Paket zu verschnüren und in die nächste Postfiliale zu karren.

Als Empfänger schreibe ich:
„Hauptquartier der Kommunistischen Partei Chinas
Zhongnanhai
100000 Peking, China"
Der Postler will € 120,00 für die Zustellung, was für mich glatter Wucher ist. Widerwillig zücke ich meine Euroscheckkarte. Was man dem Garten zu Liebe nicht alles auf sich nimmt. Mehrere Wochen später – meine Gedanken kreisen längst nicht mehr um die Neutronenbombe – liegt ein riesiges Paket vor meiner Wohnungseingangstür. Ich versuche, es erst zu heben und dann überhaupt zu bewegen. Das Paket rührt sich keinen Millimeter von der Stelle. Ziehen, zerren, hebeln, schieben, kratzen, beißen; es bewegt sich nicht. Schließlich rufe ich meine Frau. Die schultert das Ding und legt es vorsichtig auf den Esstisch. Na raten Sie mal, was in dem Paket drinnen ist! Richtig, die Neutronenbombe. Zusätzlich befindet sich eine Postkarte im Paket, die vorne einen Uniformierten mit sehr finsterer Miene zeigt und auf der Rückseite mit chinesischen Schriftzeichen befüllt ist. Okay! Die Neutronenbombe scheint sehr anhänglich zu sein. Rudi und Helmut werde ich dieses Mal nicht bemühen, mir zu helfen. Das wird zu nichts führen. Vielleicht kann mir der Text auf der Postkarte weiterhelfen.

Ich bestelle mir beim Chinesen Ente nach „Szechuan-Art" und hoffe, dass mir der Zusteller die Postkarte übersetzen kann. Mit € 20,00 kann ich ihn überreden, mir den Text (Mandarin) der Postkarte zu erklären.

Werter Genosse,
Ihre Neutronenbombe ist bei uns angelangt. Hierbei scheint es sich aber um ein Missverständnis zu handeln, da wir die Neutronenbombe bereits vor mehreren Wochen auf ausdrücklichen Wunsch hin einem Genossen geliefert haben. Vermutlich ist die Bombe falsch zugestellt worden. Da sich der eigentliche Adressat in Ihrer unmittelbaren Nähe befindet, legen wir Ihnen nahe, die Neutronenbombe bei der Gärtnerei

„Rasen und mehr" abzugeben. *Der Geschäftsführer der Gärtnerei benötigt die Bombe dringend für einen speziellen Kunden – wie er uns mitgeteilt hat.*
Mit kommunistischen Grüßen
Die Partei

Aha, der Gärtner ist also der Mörder – wie üblich. Wie ich bereits vermutet hatte. Ich frage den Chinesen, ob er auch Mandarin schreiben kann und er Interesse an einem Zusatzgeschäft habe.
Beides bejaht der Chinese.
Meine Frau frage ich vorsichtig, ob sie die Neutronenbombe wieder an ihren ursprünglichen Platz im Garten legen könne. Dies macht sie erst, nachdem ich den gesamten Garten gejätet habe. Ich liebe sie trotzdem.
Die Postkarte kopiere ich und fälsche den Poststempel so gut es geht. Dann bestelle ich beim Chinesen erneut Ente nach „Szechuan-Art". Dem Zusteller drücke ich € 50,00 in die Hand und bitte ihn, mir folgenden Text (Mandarin) die Postkarte zu schreiben.

Werter Genosse,
Sie müssten inzwischen die von Ihnen bestellte Neutronenbombe erhalten haben. Leider ist uns ein Fehler unterlaufen (der zuständige Beamte wurde bereits in ein Arbeitslager verbracht). Es handelt sich hierbei um keine echte Neutronenbombe, sondern um eine Attrappe, die wir Parteifreunden als Dankeschön für besondere Arbeit für die Partei schenken. Im Inneren der Neutronenbombe befinden sich Goldstücke verschiedenster Prägungen. Der Zünder (Attrappe) kann relativ leicht entfernt werden. Sämtliche Kabel (Attrappe) schneiden Sie am besten durch. Als Entschädigung für Ihre Unannehmlichkeiten schenken wir Ihnen unsere Goldstücke. Die richtige Neutronenbombe senden wir Ihnen bei nächster Gelegenheit zu.
Mit kommunistischen Grüßen, die Partei.
Die Postkarte warf ich am nächsten Tag in den Briefkasten meines Gärtners. Sie werden es nicht glauben, aber

am darauffolgenden Tag ist die Neutronenbombe aus meinem Garten verschwunden. Die Detonation ist weit über die Gemeindegrenze hin hör- und spürbar. Seitdem muss ich meine Hecken selber schneiden. Egal. Nach dem Motto: *Vertraue niemals deinem Gärtner!*

Josè Manuel Rodriguez Blick für's Wesentliche
Valerie Travaglini

Montag
Avenida de LosJesuitas

Josè Manuel Rodriguez erhebt sich vor Einbruch der Dämmerung und hat den ersten Absatz seines neuen Romans bereits im Kopf. In einem Buch von Sol Stein hatte er gelesen, dass dieser das Wichtigste überhaupt sei in einem Buch. Sei er schlecht, lege man das Buch gleich wieder zur Seite, ohne zu einem späteren Zeitpunkt die Grandiosität des Werkes entdecken zu können.

Schon während er den Kaffee zubereitet, wirbeln in seinem Kopf die Satzanfänge wild durcheinander, und er hat vergessen, was ihm im Bett ganz klar vor dem inneren Auge stand. Mit der wärmenden Kaffeetasse in der Hand und dem Duft in der Nase, schaltet er den Computer ein. Wenn ihm nur das erste Wort einfallen würde …

Er beschließt, seine Blockade mit einem ausgedehnten Spaziergang zu beheben.

Dienstag
Nachdem die Auswirkungen seines gestrigen Spazierganges in seiner Stammkneipe ausgeklungen waren, erwacht Josè mit einem brummenden Schädel. Er beschließt, sich noch einmal hinzulegen, bevor er mit dem Schreiben beginnt.

Mittwoch
Da er den Vortag mehr oder weniger vor sich hingedöst und gegen eine immer wieder aufkeimende Übelkeit gekämpft hatte, entscheidet er, den heutigen Tag voller Elan zu beginnen. Nach einer ausgiebigen Dusche mit recht frischem Wasser will er sich mit einem guten Frühstück stär-

ken. Das Brot ist mit einem grünen Pelz überzogen. Josè will sich durch solche Dinge nicht den Enthusiasmus verderben lassen und geht los, um sich ein Frühstück zu besorgen.

Da entdeckt er Esmeralda auf der anderen Straßenseite, wie sie gerade mit ihren Wahnsinns-Beinen die Buchhandlung betritt.

Er kann nicht umhin, die Straße zu überqueren und dort ebenfalls nach einem Buch zu suchen. Vielleicht springt ihm ja etwas Brauchbares ins Auge. Aber er kann sich nicht konzentrieren. Er verehrt Esmeralda seit langer Zeit.

Josè zerbricht sich über die Ironie des Schicksals den Kopf. Da geht man voller Tatendrang aus dem Haus und stößt auf Esmeralda, sodass die Sinne verwirrt und der erste Absatz zu einem Ding der Unmöglichkeit verkommt.

Das weiße, unbefleckte Word-Dokument strahlt vom Bildschirm seines Computers. Er fühlt sich verhöhnt und beschließt, sich mit einem Besuch im Zoo abzulenken. Wilde Tiere bringen ihn immer auf andere Gedanken.

Donnerstag
Noch ganz unter dem Einfluss von Esmeralda und den wilden Tieren, startet Josè den Tag anders als gewohnt: Schon bevor er den Computer hochfährt, macht er Dehnungsübungen. Das wäre gut für die Konzentration. Sein Blick schweift unkonzentriert durch den Raum, während er seine steifen Glieder und seinen Geist in Form dehnen will; sein Blick erreicht das Fenster. Er sieht den alten, knorrigen Quebrachobaum und das warme Licht, das durch die Äste dringt. Seine Verrenkungen kommen ihm plötzlich lächerlich vor. Er verlässt das Haus.

Freitag
Der Muskelkater, einziges Resultat der sinnlosen Dehnübungen, verursacht ihm einen Lach-Schmerz. Das absurde Wort gibt es tatsächlich, und es heißt auch nicht umsonst

so. Josè muss lachen, wenn er einen Schritt tut, so zieht es in seinen Waden. Der Inspirationsspaziergang fällt deshalb aus.

Er öffnet ein jungfräuliches Word-Dokument und martert sein Gehirn, während er vorsichtig die Füße auf und ab bewegt. Unter solchen Umständen ist an das Gelingen des ersten Absatzes nicht zu denken. So realistisch ist er.

Samstag
Josè durchforstet gleich im Morgengrauen im Schein der Leselampe seine Kiste mit der Zitatensammlung. Vielleicht findet er einen Hinweis oder die entscheidende Inspiration. Es fällt ihm ein Spruch in die Hand:
„Humor ist, wenn man trotzdem lacht."
Er hält inne, den Fetzen Papier in der Hand und ist der Überzeugung, dass jedem geistreichen Spruch ein Funken Wahrheit innewohnt. Von dieser Weisheit fühlt er sich direkt angesprochen, vor allem wegen des Wortes „trotzdem". Was soll das bedeuten? Ist etwas mit seinem Leben nicht in Ordnung? Auf keinen Fall will er sich entmutigen lassen und zieht daraus den einzig logischen Schluss, seinem Leben mehr Humor einzuhauchen. Er grübelt, wie er das anstellen sollte, angesichts der gravierenden Probleme mit dem ersten Absatz und mit Esmeralda.

Sonntag
Mit einem Lächeln auf den Lippen steht Josè auf. Ohne sich einen Kaffee zuzubereiten, setzt er sich gleich in Unterhosen mit zu Berge stehendem Haar an den Computer und der Anfang des ersten Absatzes schreibt sich wie von selbst:

Esmeralda verliebte sich unsterblich in den humorvollen Schriftsteller, der gleich um die Ecke wohnte …"

Ratgeber für Beziehungskünstler

Wenn ich mein Leben noch einmal leben könnte,
würde ich die gleichen Fehler wieder machen.
Aber ein bisschen früher, damit ich mehr davon habe.
Marlene Dietrich

Mein Kostüm in Salatgurkengrün
Hubert Salzmann

Ich betrete das Geschäft in der Feldkircher Innenstadt und stehe verloren in der Mitte des Raumes. In der hinteren Ecke des Ladens entdecke ich die Verkäuferin. Ich räuspere mich, damit mich die Frau bemerkt.

„Kann ich Ihnen helfen", fragt die Verkäuferin mit einem aufgesetzten Lächeln. Sie ist freundlich, aber ein skeptischer Unterton klingt durch, als ob ich mich in der Tür geirrt hätte. Wahrscheinlich sind männliche Kunden in diesem Fachgeschäft für Stoffe sowie Strick- und Nähzubehör eher die Minderheit.

„Guten Tag, ich habe hier eine Einkaufsliste mit Materialien, die ich für ein Kostüm benötige", sage ich und halte der Verkäuferin den Zettel hin. Ich schätze die Frau auf Mitte dreißig und schlank. Die Schätzung ihrer Figur beläuft sich auf das schmale Gesicht und die zarten Hände, denn vom Hals abwärts ist ihre Gestalt durch einen überweiten, vermutlich selbstgestrickten Pullover und einen weiten braunen Rock verdeckt. Das rötliche Haar hat die Verkäuferin als Sekundenfrisur hochgesteckt und mit zwei Stricknadeln fixiert. *Sehr einfallsreich*, denke ich. *Wäre sie Metzgerin, würde sie sich vermutlich einen Knochen in die Haare wickeln*. Natürlich sage ich ihr das nicht.

Die Verkäuferin überfliegt die Liste, sieht skeptisch zu mir hoch und wieder auf den Zettel. „Viereinhalb Laufmeter Latexmaterial und das auch noch in grüner Farbe?", staunt sie. Die Verkäuferin errötet leicht. „Sind Sie ein Fetischist, der seine verruchten Phantasien auslebt?"

„Beim besten Willen, nein!", entgegne ich empört. „Es soll nur ein harmloses Kostüm für einen Maskenball werden."

Die Verkäuferin entspannt sich. „Darf ich raten? Sie gehen als Froschkönig!"

Das Lachen der Dame erinnert mich an das Wiehern eines Pferdes. Aus Gründen des Respekts spreche ich den Gedanken natürlich nicht aus. Trotzdem ist es mir lästig, mein Vorhaben mit der *Strickliesel* zu diskutieren, doch wenn es dazu führt, diese unnötige Unterhaltung zu beenden, ist mir alles recht, deshalb verrate ich ihr meine geplante Verkleidung. „Ich gehe auf den Ball der Köche und werde mich als Salatgurke verkleiden."

Sie schmunzelt und zwinkert mir verschwörerisch zu. „Ich würde es auch nicht an die große Glocke hängen, wenn ich solche besonderen Vorlieben hätte."

„Ich werde mich wirklich als Salatgurke verkleiden", beharre ich.

Aber die Hüterin des Ladens plappert und wiehert über zehn Minuten munter weiter. Schlussendlich erzählt sie mir sogar von ihrem Liebesleben und dass sie im Grunde gar keines habe.

Zing! Mein erster Geduldsfaden reißt, die restlichen fünf Stränge sind ebenfalls dramatisch angespannt. „Können wir bitte wieder zu meinem ursprünglichen Einkauf zurückkommen?", werfe ich höflich ein, als mein zweiter Geduldsfaden bedrohlich knirscht. Oder sind es doch meine Zähne?

„Wir haben fast alles auf der Liste hier, allerdings gibt es ein Problem mit diesem Latexmaterial", erklärt die Ladenhüterin. „Lagernd haben wir das nicht und ob ich die grüne Farbe bekomme, ist fraglich. Darf es vielleicht auch eine andere Farbe sein? Vielleicht blau oder schwarz?" Und wieder dieses konspirative Zwinkern. „Sie sind in Ihrem Metier doch nicht so kleinlich", fügt sie mit einem Grinsen hinzu.

Mein Metier? Hat die Frau etwas an den Ohren? denke ich. Dann soll sie ihre Horcher einmal mit den Stricknadeln durchputzen, bevor sie die Dinger in die Haare steckt. Nun frage ich langsam und deutlich, damit es die Verkäuferin auch tatsächlich versteht. „Haben Sie schon einmal eine blaue Salatgurke gesehen?"

Sie schüttelt den Kopf. „Nö!"

Ich muss sie ein wenig verängstigt haben, denn die Stricknadeln in ihrem Haarknäuel vibrieren, wie die Fühler eines Schmetterlings kurz vor der Kältestarre. Das Wiehern ist ihr jedenfalls vergangen. Ich hake nach, um diesen günstigen Moment der Erleuchtung auszunutzen. „Vielleicht könnten Sie kurz ihre Lieferfirma anrufen, ob sie das Material in Salatgurkengrün vorrätig haben."

Nach einem zweieinhalbminütigen Telefonat kommt die Verkäuferin wieder auf mich zu und informiert mich, fachlich und emotionslos, über ihre Erkenntnisse. „Unser Lieferant hat das Latexmaterial nur in tannennadelgrün vorrätig, könnte diese Farbe aber noch vor den Weihnachtsfeiertagen liefern. Den Reißverschluss mit sechzig Zentimeter Länge haben wir lagernd ...", die *Strickliesel* beehrt mich mit einem herablassenden Lächeln „... wenn nötig auch in Salatgurkengrün." *Will sie mich jetzt etwa auf den Arm nehmen*, frage ich mich.

„Die *Klix- und Fix*-Druckknöpfe von der Liste haben wir auch hier, aber ich würde Ihnen davon abraten. Die halten schon nach kurzer Zeit nicht mehr richtig zu. Ich denke, für ein Kostüm wären Klettverschlüsse besser geeignet", berät mich die Verkäuferin. *Jetzt fängt sie auch noch an, zu denken*, rege ich mich im Stillen auf. Doch ich muss zugeben, sie wirkt überzeugend. Ich wäre fast auf die neue Taktik der Verkäuferin reingefallen. Sie will mich zermürben, weil ich sie vorher ein wenig plump angeredet habe. Trotzdem bestehe ich auf *Klix- und Fix*-Druckknöpfen. Ich bezahle, verstaue alles in meiner Tasche und verabschiede mich.

„Auf Wiedersehen! Ich hoffe, Sie beehren uns bald wieder", trällert die Verkäuferin und zwinkert mir abermals zu.

Vielleicht hat sie ein Problem mit dem rechten Auge, überlege ich beim Hinausgehen. Die Frau wirkt irgendwie gruselig auf mich. Wer weiß, was sie mit den Stricknadeln alles anstellt?

Das Latexmaterial wird direkt frei Haus geliefert und ich kann das Material noch vor den Weihnachtsfeiertagen an Simone übergeben. Die befreundete Schneiderin näht mir den Anzug und bringt ihn, wie versprochen, am Tag nach Neujahr vorbei.

Für die erste Anprobe quäle ich mich in die enge Latexhaut und fühle mich wie eine Presswurst. Der Geruch von frischem Gummi steigt mir in die Nase und bereitet mir Schwindelgefühle. Der Reißverschluss befindet sich am Rücken; ohne fremde Hilfe muss ich ihn mit einem Band vom Becken bis zum Genick hochziehen – ähnlich einem Taucheranzug. Der Latex klebt förmlich am Körper, ich hoffe, der Dress dehnt sich noch. Ich betrachte mich im Spiegel. Zugegeben, ein wenig schwul sieht das Teil schon aus. Aber egal, es ist ja Fasching.

Für kleinere menschliche Bedürfnisse hat Simone vorne einen Hosenlatz in der Größe eines C6 Standard-Briefkuverts eingebaut. Die Heckklappe ist schon deutlich üppiger ausgefallen. Beide Öffnungen kann ich mit den *Klix- und Fix*-Druckknöpfen verschließen. Nach mehrmaligem Öffnen merke ich, dass die Dinger wirklich nicht gut halten, genau wie es die *Strickliesel* prophezeit hat. Außerdem registriere ich bei geöffnetem Fenster, dass es durch die Ritzen zwischen den Druckknöpfen zieht. Darunter bin ich nur mit einer Shorts bekleidet. Durchzug bei den Ritzen geht also gar nicht. Ich rufe sofort Simone an, damit sie den Anzug wieder abholen und die Klix- und Nix-Druckknöpfe gegen Klettverschlüsse austauschen soll. Danach setze ich meine Anprobe fort. Ich ziehe eine grüne Latex-Badmütze über und setze eine grüne Sonnenbrille auf. Die Kostümierung mit dem grünen Latexanzug und die grüne Gesichtsschminke werden mich vermutlich für die wenigsten Leute als Salatgurke erkennbar machen. Deshalb binde ich mir zwei Handball große Papiermache-Tomaten um, die ich schon im Vorfeld gebastelt habe. Als zusätzliches Accessoire dient ein Kinderturnbeutel aus Kunstleder in Form einer Karotte. Der Turnbeutel ist ideal zum Umhängen und zum Aufbewahren meiner Geldbörse und anderer Utensilien, denn der enge Latexanzug hat keine Taschen. Zufrieden betrachte ich meine Verkleidung im Spiegel und stelle mir vor, wie ich mit meinem Gemüse-Bukett-Outfit die Vegetarierinnen auf dem Ball der Köche verführen werde.

Es läutet an der Tür. Ich wundere mich, dass Simone schon hier ist. Ich bin gespannt, wie ihr das Kostüm gefällt, eile zur Wohnungstür und öffne sie. Doch statt meiner Schneiderin stehen drei Miniatur-Könige im Treppenhaus, die mich mit großen Augen und offenen Mäulern anstarren. Vor Schreck sauge ich die Luft ein und die lockere Halteschnur, mit der ich die Tomaten festgebunden habe, gleitet über meine Hüften. Die Schnur reißt die schwächlichen Druckknöpfe auf und die Tomatenattrappen rutschen mir bis zu den Knöcheln. Etwas verzögert klappt die vordere C6-Pforte des Gurkenanzugs herunter und legt meine Shorts frei. Ich sehe aus, wie ein überdimensionaler grüner Dildo mit roten Klöten.

Die Sternsinger sind geschockt, sogar der Mohrenkönig Caspar wird blass und lässt beinahe seine Truhe voller Myrrhe fallen. Die weibliche Begleitperson hat sich als Erste wieder aus der Schockstarre erholt und beschimpft mich aufs Übelste. Ich halte mir unbeholfen die Katzenklappe zu, versuche, die Lage zu beschwichtigen und das Missverständnis zu klären. Doch die entfesselte Dame entreißt dem Sternträger seinen Sternenstab und will ihn mir über meinen Kopf ziehen. „Wagen Sie nicht, auch nur einen Schritt näher zu kommen!", droht sie.

Von dem Tumult aufgeschreckt, öffnen einige Nachbarn ihre Türen. Ich winke wortlos ab und ziehe mich in meine Wohnung zurück. Die Furie tobt immer noch im

Treppenhaus und teilt meinen aufgescheuchten Nachbarn meine perversen Neigungen mit.

Zwei Wochen später halte ich auf dem Ball der Köche im Gemeindesaal Ausschau nach einer geeigneten Tanzpartnerin. Obwohl ich noch den grünen Latexanzug trage, habe ich mich gegen das Salatgurken-Kostüm entschieden, denn nach dem Vorfall mit den Sternsingern war ich nicht mehr von meinem ursprünglichen Outfit überzeugt. Zusätzlich zur grünen Badekappe ziert eine goldene Krone mein Haupt und an die grünen Handschuhe habe ich kleine Schwimmhäute eingenäht. Die Flossen an den Füßen behindern mich ein wenig, aber dafür habe ich eine Ausrede, weil ich nicht so leichtfüßig tanzen kann.

Als ich die Katze sehe, stockt mir der Atem. Sie ist athletisch und in hautenges schwarzes Leder gehüllt, die schlanken Beine enden in scharfen High Heels. Ihre Haare sind von einer schwarzen Haube mit spitzen Katzenohren verdeckt, nur über der Schulterpartie erkenne ich die Ausläufer ihrer rötlichen Locken. CatWoman steuert direkt auf mich zu.

Ich bin gelähmt, als sie mir direkt gegenübersteht. Sie schnurrt mich an, ihr Atem streift über mein Gesicht. Das aggressive Rot ihres Lippenstifts harmoniert mit dem Nagellack ihrer Krallen. Auch die Augenpartie der Katze ist mit einer Maske verhüllt, dunkler Lidschatten und Kajal unterstreichen den Ausdruck ihrer Augen; bedrohlich, geheimnisvoll, anmutig, erotisch und berauschend. Vor dem Erscheinen von CatWoman fühlte ich mich in meiner Rolle als Froschkönig wohl, aber nun komme ich mir vor, wie ein Lurch, der in einen Topf mit Wasser geworfen und langsam gegart wird. Die Katze umgarnt mich … Sie schüchtert mich ein. Katzen spielen ja bekanntlich zuerst mit ihrer Beute, bevor sie sie fressen.

Ich will flüchten, aber meine Flossen haben sich scheinbar am Boden festgesaugt. Hat die Raubkatze sie möglicherweise mit ihren spitzen Absätzen festgenagelt? Doch die

Faszination der Neugier siegt, und ich fordere sie zum Tanz. Ich schenke ihr den goldenen Ball und ernte dafür ein charmantes Schnurren. „Wer bist du?", frage ich immer wieder, aber die Katze weicht meiner Frage aus.

Ich spüre, wie ihre Krallen über meinen Nacken streifen. Meine Nackenhaare stellen sich senkrecht und eine Ahnung keimt in mir hoch. Ich wische sie beiseite, denn ich kann es kaum glauben, dieses reizvolle Wesen erobert zu haben. CatWoman zieht mich von der Tanzfläche und drängt mich zum Ausgang. Ich bin mir bewusst, dass ich dieser Frau in ihrem schwarzen Lederdress nun mit Flossen und Krone ausgeliefert bin.

Die Katze lacht, und mir fährt das Entsetzen in alle Knochen, denn in diesem Moment erkenne ich das Wiehern der *Strickliesel*. Wer weiß, was sie mit den Stricknadeln alles anstellt?

Vorsicht Frosch, nicht küssen!
Judith Konzett

Anna war nur noch müde, so müde, dass sie weinen wollte. Endlich war der letzte Gast gegangen. Nicht einmal Trinkgeld hatte er ihr gegeben und dann noch behauptet, er hätte ein Glas weniger getrunken.

Sie schloss die Wohnungstür auf. Das Licht war an. Romans Schuhe lagen mitten im Gang. Sie verströmten einen unangenehmen Geruch. Die Tür zum Bad war offen, ebenso die Tür der Waschmaschine. Er hatte die Wäsche aufgehängt! Anna schöpfte Hoffnung.

Der Hund freute sich. So, wie er sich aufführte, war er, seit sie am Morgen kurz mit ihm um den Block gelaufen war, nicht mehr draußen gewesen.

„Lass mir noch fünf Minuten, Alter, gleich bin ich soweit", tröstete sie ihn.

Erschöpft ließ sie sich auf die Couch fallen, ihr Blick streifte durch die Wohnung. Die Decke lag auf dem Boden und war voller Hundehaare, die auch sonst überall am Boden kleine Wolken bildeten. Vor der Brottruhe lagen Brösel, ein Messer und Wurstrinde. Der Geschirrspüler, den sie vor der Arbeit noch eingeschaltet hatte, blinkte.

„Bitte räum mich aus, bitte räum mich aus!", rief er.

Sie dachte an ihre Oma, die ihr immer Märchen erzählt hatte. Leider hatte sie Frau Holle noch nicht durch das goldregnende Tor geschickt!

Vor dem Computer standen neben dem vollen Aschenbecher ein dreckiger Teller, eine leere Bierflasche und die Salatschüssel von gestern Abend. Der Geruch von Essig und kaltem Rauch stieg ihr aufdringlich in die Nase. Sie trank noch schnell einen Tee. Nachdenklich drehte sie die Tasse in der Hand. Der Froschkönig lächelte ihr entgegen.

„Küss mich! Ich bin ein Prinz", grinste er hämisch. Die Tasse war ein Geschenk ihrer Freundin gewesen. Damals war sie schon lange alleine gewesen und hatte sich so sehr einen Mann gewünscht. Kurz darauf hatte sie Roman kennengelernt.

Wieder dachte sie an ihre Oma. Dann machte sie sich mit Rossi auf den Weg. Eigentlich hatte sie sich bloß eine kurze Strecke vorgenommen, aber, da der Hund so sichtlich erfreut war, wurde es, wie immer, länger. Daheim erwartete sie ja nicht viel Erfreuliches.

Als sie zurückkam und noch schnell im Arbeitszimmer das Licht löschen wollte, sah sie den Wäscheständer. Sie würde alles bügeln müssen! Sogar die Unterhosen! Der Geschirrspüler wurde auch noch erlöst, die Brösel kamen noch weg, zum Staubsaugen war es wegen der Nachbarn zu spät.

Roman lag schon im Bett, sein Atem roch nach Bier. Angewidert drehte sie sich zur Seite. Sie hatte einen Frosch in ihr Bett gelassen. Am nächsten Abend nach der Arbeit hatte Anna gar keine Lust mehr, nach Hause zu gehen. Trotzdem konnte sie Rossi nicht warten lassen. Sie öffnete die Tür und schnappte sich die Leine, der Hund kam von selbst. Mit müden Schritten trottete sie gedankenverloren durch die Dunkelheit. Ohne es zu wollen, war sie beim Haus ihrer Großmutter gelandet. In der Küche brannte noch Licht. Zaghaft klopfte sie ans Fenster, läuten wollte sie nicht.

Als sich das Fenster öffnete, brach Anna in Tränen aus. Omas Tee schmeckte nach Schafgarbe, Melisse und Pfefferminze. Ihre Stube war warm und roch nach Bienenwachs. Nachdenklich hörte sie sich den ganzen Kummer an, der aus ihrem Enkelkind heraus brach.

„Kindchen, Kindchen, du hast einen Frosch geküsst!", sagte sie zärtlich.

„Ja, Oma, und er ist kein Prinz geworden, die Märchen sind eben nur Märchen", schniefte Anna.

„Nein, das solltest du so nicht sagen. Ich glaube, du hast nicht richtig zugehört, Kind. Die Menschen können nicht mehr richtig zuhören heutzutage. Es muss immer alles schnell gehen, instant sozusagen. Komm, ich lese dir die Geschichte noch einmal vor, dann holen wir ein paar deiner Sachen und du kommst ein paar Tage zu mir." Sie kramte umständlich das abgegriffene Märchenbuch aus einer Truhe, putzte ihre Brille und schenkte noch Tee nach.

„In einer Zeit, als das Wünschen noch geholfen hat …", begann sie.

Rossi lag schon schnarchend zu ihren Füßen, als sich Oma ihren abgewetzten Mantel anzog und sich mit Anna auf den Weg machte. Nachdem sie ein paar Kleider, Hundefutter und den Kosmetikbeutel zusammengepackt hatte, holte Anna die Tasse mit dem Froschkönig und warf sie im Hinausgehen an die Wand.

Großmutter lächelte.

„Diesmal hast du verstanden. Die Frösche werden keine Prinzen, wenn man sie küsst! Zuerst muss man sie gegen die Wand werfen!"

Als Anna nach dem Hochzeitsbild griff, hielt Oma sie mit sanfter Gewalt zurück.

„Das wäre zu viel des Guten. Außerdem bist du da ja auch drauf." Trotz der Ungewissheit wie es weitergehen sollte, schlief Anna ausgezeichnet.

Roman rief erst am nächsten Tag an. Er fragte, wo der Hund sei. Erst am Abend hatte er ihre Abwesenheit bemerkt.

Wahrscheinlich weil niemand aufgeräumt hat, dachte sie bitter.

Anna genoss die Zeit bei ihrer Großmutter. Sie überlegte sich, ob sie nicht ganz zu ihr ziehen solle. Roman rief jeden Tag mehrmals an. Die Gespräche endeten meistens mit Tränen. Nach einer Woche musste Anna, wegen eines Briefes, den sie dringend erwartet hatte, zurück in die Wohnung. Sie wählte eine Zeit, in der Roman arbeiten musste. Noch war sie nicht soweit, ihm gegenüberzutreten.

Bangen Herzens schloss sie die Tür auf. Sie traute ihren Augen nicht. Alles war aufgeräumt, es roch frisch, nicht nach abgestandener Luft. Das Bett war neu bezogen, die Wäsche ordentlich gebügelt im Schrank. Keine Staubwolken, keine Brösel, und das Waschbecken im Bad glänzte.

„*Hat er etwa schon eine andere?*", schoss es Anna wie ein Stich ins Herz. Sie merkte, dass sie ihn immer noch liebte. Auf dem Küchentisch stand eine rote Rose, daneben lagen der Brief, ein kleines Paket und eine Karte von Roman.

> Für Anna,
> Danke, du hast mich erlöst.
> Entschuldige, dass ich mich wie ein Idiot benommen habe. Ich wünsche mir von ganzem Herzen, dich wieder zu umarmen.
> Ich hoffe, es ist nicht zu spät.
>
> Dein dich immer noch liebender Froschkönig,
> Roman

Anna öffnete das Paket. Es war eine goldene Christbaumkugel.

Die Frau aus dem dritten Stock
Horst-Stefan Jochum

Die kleine, schwarzhaarige Frau aus dem dritten Stock der Mietskaserne liebte die Bücher von Kurt Schwitters, über denen sie regelrecht versinken konnte. Und so saß die kleine, schwarzhaarige Frau bis spät in die Nacht über den Büchern von Kurt Schwitters, bis die Augen hinter ihrer Hornbrille zu klein und müde waren, um weiterzulesen.

Davon wusste Dietrich, der im vierten Stock der gleichen Mietskaserne wohnte, zu diesem Zeitpunkt nichts. Zu diesem, sprich zum jetzigen Zeitpunkt, zum Startpunkt der Geschichte, wusste Dietrich nicht einmal, dass es die kleine Frau gab und dass sie im dritten Stock wohnte.

Die kleine Frau hingegen ahnte zu keinem Zeitpunkt etwas von Dietrichs Verliebtheit. Jedenfalls lässt der Verlauf der Geschichte diese Mutmaßung zu.

Aber nun der Reihe nach: Verliebtheit ist eigentlich eine gewöhnliche Angelegenheit, kaum der Rede wert: Manchmal verliebt man sich einfach so. Es ist wie eine Grippe. Eine nervige Infektion eben. Die Viren schwirren durch die Luft, dringen in den Körper ein, und nach einer bestimmen Inkubationszeit entstehen Husten, Übelkeit bis hin zum Fieberwahn; man kann nicht mehr gehen, nichts mehr essen, nicht mehr denken. Und: Es kann zum Kotzen sein.

Diese Infektion war in Dietrichs Fall diese kleine Frau aus dem dritten Stock. Die Inkubationszeit betrug bei Dietrich genau vier Hallos!, die Dietrich im Verlauf von zwei Wochen mit der kleinen Frau in der Luft des Treppenhauses austauschte. Den Übertragungskanal konnte Dietrich nicht benennen. Vielleicht war es die Treppenhausluft, in der das Hallo! nicht dem Hallo auf der Straße glich. Es war ein enges Hallo! Ein Hallo! dem man nicht ausweichen konnte, es war ein Hallo!, das ihn direkt mit der kleinen Frau konfrontierte. Und mit den beiden Einkaufstaschen, die die kleine Frau in einer hastigen Hilflosigkeit nach oben schleppte.

Die kleine Frau sagte zuerst „Hallo!", daraufhin echote Dietrich „Hallo!".

Die kleine, schwarzhaarige Frau verschwand im Treppenhauskanal aufwärts, während Dietrich kurz, bevor die Frau unsichtbar wurde, noch ihren etwas dicklichen Hintern wahrnahm. Dieser Hintern ..., nur ein klein wenig zu dick. Dietrich ging nach unten. Ein süßliches Parfüm folgte der kleinen Frau. Nicht sehr lange, nicht sehr intensiv. Und Dietrich roch es gar nicht richtig, dieses süßliche Parfüm, denn das Parfüm driftete nach oben, während Dietrich, wie bereits erwähnt, nach unten marschierte.

Was Dietrich zu dieser Zeit, wie erwähnt, nicht wusste, was wir bereits wissen, war: Die kleine Frau liebte die Bücher von Kurt Schwitters. Und kaum hatte die kleine Frau ihre Wohnungstür geöffnet, so stellte sie die beiden Einkaufstaschen ab und setzte sich zu ihrem Buch von Kurt Schwitters, um darin zu lesen.

Dietrich irrte in diesem Moment planlos durch die Stadt, ging in dieses Kaufhaus, in jenes Kaufhaus, in ein Café, um die Stadt, in der er seit einigen Wochen studierte, kennen zu lernen und schließlich auf dem Rückweg in der dunklen Kneipe neben der Mietskaserne hängen zu bleiben und sich die Lampe zu füllen.

Und um schließlich spät in der Nacht das Treppenhaus hoch zu torkeln wie der Prototyp einer ferngesteuerten Gehmaschine, just zu dem Zeitpunkt, an dem die kleine Frau ihre Hornbrille abnahm, die müde gelesenen Augen rieb, ihr Buch zuschlug und das Licht ausknipste.

Bis zum zweiten Hallo! dauerte es drei Tage, und dieses zweite Hallo! drang in Dietrich ein. Diese zweite Szene ähnelte der ersten: Die kleine Frau trug ihre Einkaufstasche treppaufwärts, Dietrich bewegte sich treppabwärts. Die Blicke der beiden trafen sich kurz. Dietrich betrachtete den

Hintern der Frau, und es hätte genau die erste Szene sein können, wäre da nicht der Unterschied, dass Dietrich, bevor er die Haustür öffnete, kurz an die Begegnung zuvor dachte. Und zwar dachte er: *Hübsches Kind! Der Hintern ist vielleicht etwas zu dick. Aber vielleicht ist es gerade das.*

Auch was sich hernach abzeichnete, ähnelte der ersten Szene: Die kleine Frau las in dem Buch von Kurt Schwitters.

Dietrich irrte durch die Stadt und blieb wiederum in der dunklen Kneipe neben der Mietskaserne hängen, um sich die Lampe zu füllen und um dann spät in der Nacht die Stufen des Treppenhauses zu erklimmen wie eine ferngesteuerte Gehmaschine, während die kleine Frau müdegelesen, wie sie war, das Buch von Kurt Schwitters zur Seite legte und das Licht ausknipste.

Das dritte Hallo! Auch dieses unterschied sich vom ersten und zweiten kaum, außer, dass der Blickkontakt länger währte und Dietrichs Augen hernach intensiver den Hintern der kleinen Frau inspizierten und dass Dietrich, kurz, bevor er die Haustüre öffnete, dachte: *Was für ein süßes Kind! Was für ein draller Hintern! Was für eine Versuchung! Welch göttliche Frucht, was für ein reifer Apfel!*

Auch das, was sich darauffolgend abspielte, glich der ersten und zweiten Szene. Die kleine Frau las im Buch von Kurt Schwitters.

Dietrich irrte durch die Stadt, aber diesmal schwirrten Äpfel durch seine Gedanken, bis er wiederum in der dunklen Kneipe landete, wo er sich die Lampe füllte und so weiter...

Viertes Hallo!: Ausgetauscht an einem 4. September um 16.55 Uhr auf den Treppenstufen fünfhundertachtunddreißig bis fünfhundertdreiundzwanzig. Dietrich sagt: „Hallo!", die kleine Frau antwortet: „Hallo!", beide gehen aneinander vorbei, die kleine Frau mit ihren Einkaufstaschen, Dietrich mit durstiger Kehle. Dietrich schaut der kleinen Frau hinterher, genau genommen, fixiert er den Hintern der kleinen Frau.

Und dann passiert es: Die linke Einkaufstüte der kleinen Frau platzt, der Inhalt entleert sich auf die Treppenstufen. Vier Apfelsinen, ein Päckchen Kaffeefilter, eine Dose Handcreme, ein Beutelchen mit Teelichtern, fünf Äpfel und mehrere Päckchen Salatdressing kullern durch das Treppenhaus.

Die kleine Frau macht erschrocken: „Oh!", stellt die Taschen ab und rückt ihre Brille zurecht. Dietrichs Blick, weggerissen vom Apfelhintern der kleinen Frau, fällt auf die real existierenden Äpfel am Boden. Er bückt sich und hilft der kleinen Frau dabei, die Sachen aufzuraffen.

Die kleine Frau ist recht fröhlich und trällert: „So was! Als hätte ich es geahnt!" Rasch nimmt sie eine neue Tüte aus der zweiten Tüte und schlägt sie auf, um die umherliegenden Sachen hineinzutun.

„Ach wie gut, wenn man hilfsbereite Nachbarn hat!", tiriliert die kleine Frau, während Dietrich ein stockendes „Kein Problem" haspelt.

Dietrich hat sich eindeutig infiziert. Während er der kleinen Frau den letzten Apfel reicht, steif wie ein hölzerner Adam, lädt ihn die kleine Frau auf einen Kaffee zu sich ein. Dietrich willigt wortlos ein.

Und genauso wortlos sitzt Dietrich der kleinen Frau gegenüber und schlürft seinen Kaffee. Auf dem Tisch liegt „Anna Blume und ich" von Kurt Schwitters. Dietrich fragt nach dem Buch. Diese Frage ist so ziemlich das Einzige, was Dietrich zu artikulieren in der Lage ist, denn Dietrich ist nervös, und die kleine Frau textet ihn kurzerhand mit Kurt Schwitters zu: Kurt Schwitters hin, Kurt Schwitters her, Kurt Schwitters oben, Kurt Schwitters unten, Kurt Schwitters links, Kurt Schwitters rechts …

Dietrich, an seinem Kaffee schlürfend, erkennt unschwer, dass dieser Kurt Schwitters der Held der kleinen Frau ist.

Irgendwann verabschieden sich die beiden. Dietrich ist zu schüchtern, um ein Date auszumachen. Was für eine Katastrophe!

Wir wissen natürlich nicht, ob die kleine Frau auf das Date eingegangen wäre. Nun, vermutlich schon, wer lädt einen Fremden sonst zu sich auf einen Kaffee ein – und wenn der hundertmal ein paar Äpfel vom Boden aufgerafft hat. Das ist nicht zwangsläufig Grund genug, jemanden zu sich auf einen Kaffee einzuladen. Wir mutmaßen stark, dass Dietrich beste Chancen gehabt hätte, wissen es aber nicht hundertprozentig.

Kaum hat Dietrich die Wohnung verlassen, steigen genau diese Gedanken blitzartig in ihm hoch. Dietrich könnte sich plötzlich ohrfeigen.

In dieser Nacht träumt Dietrich von dem Hintern der kleinen Frau, träumt von Äpfeln, träumt von Adam und Eva, träumt vom Paradies, um am darauffolgenden Tag um 16.55 Uhr das Treppenhaus aufzusuchen und auf die kleine Frau zu warten.

Aber die kleine Frau kommt nicht.

Verdammt!, denkt Dietrich, *verdammt!* Er geht in die dunkle Kneipe, um sich die Lampe zu füllen.

Der nächste Tag: Es ist 16.30 Uhr. Dietrich begibt sich ins Treppenhaus und wartet. 17.30 Uhr, die kleine Frau ist nicht gekommen. Dietrich trabt das Treppenhaus hinab und sucht die dunkle Kneipe auf. Einmal Lampenfüllung bitte!

Der übernächste Tag und wieder der nächste und so weiter und so fort. Die kleine Frau kommt nicht. Eine Lampenfüllung nach der anderen.

Dietrich bestellt Bücher von Kurt Schwitters. Schließlich wird er der kleinen Frau wieder begegnen. Es ist lediglich eine Frage der Zeit, dann kann er mit ihr über Kurt Schwitters reden, ha! Dietrich ist ein Genie!

Dietrich liest „Anna Bume und ich". Zwischendurch geht er immer wieder hinaus auf den Flur und horcht in den dritten Stock hinab, in der Hoffnung, die kleine Frau käme gerade heim. Aber Fehlanzeige.

Dietrich beendet „Anna Blume und ich" und liest „Kuwitter". Und immer wieder heißt die magische Uhrzeit 16:55, aber die kleine Frau erscheint nicht, sie taucht einfach nicht auf, verdammt!

Die Tage vergehen. Eine Lampenfüllung folgt der nächsten.

Dietrich schließt „Kuwitter" und liest „Eine Geschichte vom Hasen".

Dietrich plant, hinunter zu gehen und nach Salz zu fragen. Dabei will er die kleine Frau in ein Gespräch über Kurt Schwitters verwickeln. *Dietrich, du bist ein Genie!* Aber um diese Entscheidung in die Tat umzusetzen, benötigt er ganze drei Stunden. Dietrich nimmt den Salzstreuer und geht auf den Flur. Kaum auf dem Flur, geht er wieder zurück, stellt den Salzstreuer in den Schrank. Wartet. Schließlich nimmt er den Salzstreuer wieder hervor und so weiter und so fort.

Dietrich schafft es dennoch: Was gegen 17.00 Uhr begonnen hatte, bringt er um 20:06 Uhr zum Abschluss. Genau dann steht er, den Salzstreuer in der Hand, vor der Tür der kleinen Frau und drückt die Klingeltaste. Einmal. Zweimal. Dreimal. Nichts: Die kleine Frau ist nicht zu Hause. Dietrich wird blau im Gesicht vor Enttäuschung. Er könnte, so wie er dasteht vor der Wohnungstür der kleinen Frau, auf der Stelle den Salzstreuer verschlucken. Dietrich geht sich die Lampe füllen.

Dietrich beruhigt sich am nächsten Tag. Er beschließt, aus dem Fenster zu schauen und die Straße zu beobachten. So wird er die kleine Frau schon abpassen. Dass er nicht früher auf die Idee gekommen ist!

„Dietrich, du bist dämlich", sagt Dietrich laut zu sich selbst. Dietrich wird sich ans Fenster setzen und auf die Straße schauen. Naht dann die kleine Frau mit ihren Einkaufstüten, wird er hinausgehen ins Treppenhaus und

warten, bis sie kommt. Was er aber dann tut? Hm, schwierig ..., seit der Begegnung sind inzwischen sechs Wochen vergangen. Aber egal, er wird die Frau zu einem Kaffee zu sich einladen. Ja, so wird er es machen, genauso!

Und er wird sie einwickeln in ein Gespräch über Kurt Schwitters.

Kurt Schwitters hin, Kurt Schwitters her, Kurt Schwitters oben, Kurt Schwitters unten, Kurt Schwitters links, Kurt Schwitters rechts.

Dietrich räumt seine Bude auf. Wienert und putzt. Dietrich sitzt zwei Wochen tagtäglich vor dem Fenster und wartet, aber Fehlanzeige, von der kleinen Frau keine Spur.

Und dann passiert etwas, das Dietrich den Atem stocken lässt: Genau am 3. Dezember, einem Samstag um 13.30 Uhr, hält ein blauer Lieferwagen vor der Mietskaserne. Auf der Beifahrerseite steigt die kleine Frau aus, auf der Fahrerseite ein hagerer Kerl. Die beiden gehen händchen-haltend in die Mietskaserne.

Dietrich wird schwindlig vor Augen.

Eine halbe Stunde später kommen die beiden mit jeweils einem Wäschekorb voller Hausrat aus der Mietskaserne und verfrachten diesen in den Lieferwagen.

Dietrich ist untröstlich. Er schließt sich im dunklen Bad ein, wo er den erhitzten Kopf gegen die kühlen Kacheln schlägt.

An diesem Abend tätigt Dietrich eine Lampenfüllung, wie sie die Welt noch nicht erlebt hat. Die Gehmaschine fällt auf der ersten Treppenstufe aus. Dietrich kriecht die Stufen hoch bis in den vierten Stock, wo er gerade noch in der Lage ist, die Wohnungstür aufzuschließen und sich ins Koma zu begeben.

Am anderen Tag ist die Welt wieder ein Stück besser. Dietrich findet Trost in den Büchern von Kurt Schwitters. Wenigstens die sind ihm geblieben.

In den nächsten Wochen und Monaten wird allmählich alles wieder gut, und er vergisst irgendwann, dass es die kleine Frau jemals gegeben hat, fast, denn mit jedem Buch von Kurt Schwitters, das er liest, erinnert er sich an die kleine Frau, selbst Jahre danach, als er zufällig „Anna Blume und ich" unter einem seiner Bücherstapel findet.

Vielleicht hat Dietrich das Glück seines Lebens verpasst, vielleicht auch nicht. Vielleicht war Dietrich viel zu einsam, um klar denken zu können, vielleicht auch nicht. Vielleicht ist es manchmal schwieriger, sich dem Greifbaren zu nähern, als das Unmögliche zu wagen. Ob greifbar oder in weiter Ferne, ist womöglich keine Frage der Entfernung, sondern eine Frage der Bedeutung. Verpasste Gelegenheiten kommen nie wieder.

Und selbst, wenn sie wiederkommen. Sie kommen nie wieder so, wie sie sich geboten haben. Das ist komisch. Und es ist irgendwie tragisch. Tragischer als alles andere auf der Welt.

Spiel der Generationen
Klaus Höfle

„Du bittest mich um Rat. Das schwarze Schaf der Familie, das im Hause seines Bruders mehr geduldet als willkommen ist?" Mortimer ließ den Eiswürfel in seinem Scotch kreisen. Die Bernsteinfarbe spiegelte sich im Schliff des Bleikristalls und zeichnete goldfarbene Sterne auf den Riemenboden aus feinster englischer Eiche. Jamie, sein Patenkind, hatte ihn unter einem Vorwand in die Bibliothek gebeten. Die untergehende Sonne flutete orangerot durch den Doppelflügel und ließ Staubkörner wie Mikrosterne durch dieses Universum an Büchern und deren jahrhundertealtes Wissen schweben. Gedämpft drang die ausgelassene Stimmung vom Salon nebenan zu den beiden.

Mortimer musterte Jamie. Mindestens einen halben Kopf größer, schlank mit breiten Schultern und denselben kastanienbraunen Augen, die seit jeher von Generation zu Generation weitervererbt wurden, stand sein Neffe vor ihm.

„Du wurdest wie ich in eine der angesehensten Familien von Kent hineingeboren", sprach Mortimer. „Durftest die beste Ausbildung genießen, die in diesen Breiten zu finden ist, bist angehender Kompagnon in der traditionsträchtigsten Rechtsanwaltskanzlei Südenglands und stehst kurz vor der Heirat mit einer gleichfalls aufgeschlossenen, wie bezaubernden Frau. Kurzum, du besitzt alles, was man sich nur wünschen kann." Er betrachtete den Eiswürfel, der noch immer seine Kreise zog.

Jamie brütete vor sich hin, und so setzte Mortimer fort: „Mir ist keineswegs entgangen, dass deine Braut in unsere Familiendynastie passt, wie der letzte fehlende Teil eines Puzzles. Kate ist eine Schönheit, verstrahlt Noblesse und scheint die rechten Umgangsformen genossen zu haben. Zudem stammt sie aus einer betuchten, alteingesessenen Adelsfamilie. Ich kann mir denken, dass deine Ehe mit ihr zumindest deinem Vater sehr viel Freude bereitet."

Jamie war bei den letzten Worten zusammengezuckt. Ohne Antwort hatte er sich zum Fenster umgedreht. Die Sonne versank am Horizont und das blattlose Geäst der uralten Platanen im Westpark krallte nach der glutroten Scheibe, als wolle es diese vom Himmel reißen. Mortimer trat zu seinem Neffen und legte ihm seinen Arm um die Schulter. Schweigend betrachteten die beiden das Schauspiel.

Schließlich war es Jamie, der die Stille unterbrach. Er räusperte sich mehrmals. Seine Stimme klang spröde und trocken. „Im Grunde kenne ich Kate von Kind an. In Jugendzeiten haben wir uns aus den Augen verloren und sind uns erst an der Universität wieder begegnet. Dort haben wir unsere Zuneigung zueinander entdeckt." Er räusperte sich nochmals und nahm einen kräftigen Schluck, als müsste er sich Mut antrinken. „Zudem ist Vater der Ansicht, dass diese Verbindung nicht bloß meine Karriere beflügelt, sondern ganz nebenbei das Ansehen unser beider Familien beträchtlich steigert."

Mortimer blieb die Unsicherheit in Jamies Stimme nicht verborgen. Lange betrachtete er die kristallenen Schliffe seines Glases, die im abnehmenden Sonnenlicht nur noch fahlbraun schimmerten. Schließlich holte er tief Luft. „Liebe ist mehr als Zuneigung und Karriere. Vor allem aber sollte sie nicht lediglich der fehlende Teil eines Puzzles sein." Die Worte waren schärfer als gewollt aus ihm herausgeplatzt, aber sie entsprangen dem Grunde seines Herzens. Er musterte sein Patenkind, griff nach der Karaffe mit breitem Goldrelief und schenkte sich und Jamie nach. „Aber ich denke, dessen bist du dir sehr wohl bewusst. Warum sonst auch bittest du mich um meine Meinung zu deiner Vermählung mit Kate. Und noch zudem an dem Tag, an dem nebenan die ersten Gäste sitzen und sich auf deine morgige Hochzeit eintrinken." Mortimer ließ seine Worte wirken. „Ich kann dir nicht sagen, ob die Ehe mit Kate richtig oder falsch ist. Niemand kann das für dich entscheiden. Dabei geht es ausschließlich um deine Gefühle zu Kate, deine Liebe, dein Leben."

Nebenan war die Stimmung ausgelassener geworden. Gläser klirrten, Gelächter und einzelne Wortfetzten drangen zu den beiden. „Aber wenn du einverstanden bist, erzähle ich dir eine Geschichte, die dir deine Entscheidung womöglich erleichtert."

Jamie nickte abwesend. Seine Augen wirkten jetzt, da die Sonne den Schatten der Nacht gewichen war, schwarz.

Mortimer ließ sich Zeit. Erst, als Jamie seinen Blick auf ihn richtete, begann er mit gesenkter Stimme: „Ich war annähernd in deinem Alter, als ich mich ebenfalls entscheiden musste. Vater bestimmte über mein Leben und dirigierte mich wie eine Marionette über das Parkett unserer ehrwürdigen Rechtsanwaltsdynastie – gerade so, wie ihm der Sinn danach stand. Er hatte nie verstanden, dass ich als ältester Sohn nicht in seine Fußstapfen treten wollte. Aber ich war und bin nun mal ein Freigeist und hatte anderes im Kopf, als das Leben meines Vaters mit all seinen Verpflichtungen und steifen Hemdkragen übergestülpt zu bekommen. Nach mehreren Jahren der Gegenwehr habe ich dieses Gefängnis, gemauert aus Pflicht, Disziplin und Tradition und vergittert mit der Engstirnigkeit hochwohlgeborener Eitelkeit, nach einem handfesten Streit verlassen. Ich wollte mein Leben selbst gestalten und nicht allein die Hauptrolle in der für mich vorherbestimmten Lebensplanung spielen." Mortimer trank sein Glas zur Hälfte aus und packte seinen Neffen an den Schultern. „Ich wollte ganz einfach mein eigenes Leben leben – verstehst du?"

Jamie wich seinem Blick aus.

Also fuhr Mortimer fort: „Aus Sicht deines Großvaters habe ich diese Freiheit teuer bezahlt. Er hat mich noch am selben Tag enterbt und mir verboten, ihm jemals wieder unter die Augen zu treten." Er nippte am Glas und schloss die Augen. Brombeeren, Honig, ein wenig Sherry und der dezent rauchige Abgang umschmeichelten seinen Gaumen.

Ihm war, als hätte er sich erst vor wenigen Tagen von seinem Vater befreit. Abrupt öffnete er die Augen. „Aber dem ist nicht so. Ich habe meinen Entschluss noch mit keinem Tag bereut. Denn was nützt mir mein Leben, wenn ich es nicht lebe?"

„Aber Vater ist der Ansicht …" Jamies Stimme versagte, vertrocknete wie ein Wassertropfen in der Wüste.

Mortimer zog die Augenbrauen hoch. „Dein Vater hat sich mit seiner Rolle im Spiel der Generationen abgefunden. Mit der Übernahme der Kanzlei hat er sich, statt meiner Person, in den Dienst deines Großvaters gestellt. So wie jeder andere Vater unserer hochwohlgeborenen Ahnen sich ebenfalls in den Dienst seines Vaters begeben hat. Und so wie ihnen diese Rolle zugefallen ist, ist sie auch dir zugedacht. Du bist Erbe und Schuldner zugleich."

Jamie hielt sein Glas an die Brust gedrückt und stierte in die nahende Nacht.

Mortimer wartete, ob sein Neffe nochmals das Wort ergreifen würde. Aber außer dem Stimmengewirr aus dem Salon blieb es still. Mit einem Ruck trank er seinen Whisky über Kopf aus und blickte seinem Patenkind in die Augen. „Deine Frage kratzt lediglich am Rande des Eisbergs – und das weißt du."

Die Umrisse der Platanen, die sich nur noch schwach vom Schwarz der Nacht abhoben, schienen Jamie zu fesseln.

„Es gibt keine zufriedenstellende Lösung für beide Seiten. Genau so wenig wie es ein Handbuch für unser aller Leben gibt. Keine Ablaufbeschreibung, wie man was wann tun muss, um sein Glück zu finden." Mortimer stellte sein Glas heftiger als gewollt auf die Kredenz und drückte seinen Neffen an sich. „Ich werde deine Entscheidung nicht abwarten und morgen in aller Früh abreisen – bitte entschuldige. Er stieß ihn von sich, war mit wenigen Schritten an der wuchtigen Bibliothekstüre und öffnete diese harsch.

Obwohl Jamie kein Wort erwidert hatte, machte Mortimer auf dem Absatz kehrt. Betont ruhig, wandte er sich an sein Patenkind: „Bevor ich gehe, will ich dir noch eine letzte Frage mit auf deinen Weg geben. Auch darauf kannst nur du alleine die Antwort finden. Warum Jamie, spielst du die Rolle deines Lebens, wenn du dein Leben auch leben kannst?"

Raucherentwöhnung
Eric Parisse

Frau Stockinger ist dabei, Korrektur zu lesen. Die Dokumente, die sie in Arbeit hat, sollen in einer halben Stunde unterschriftsreif bei Dr. Habermann sein. Sie hat noch zwei Seiten zu überarbeiten. Kein Problem, denkt sie, doch mitten in diesen Gedanken platzt Hasler. Der glatzköpfige Eierkopf mit den Fischaugen bleibt in der offenen Tür stehen und lehnt am Rahmen.

Frau Stockinger schaut unwillig auf. *Was will denn der schon wieder? Hat wieder mal nichts zu tun.*

„Sie ..., Frau Stockinger?!"

„Ja?" Frau Stockinger liest ruhig weiter. Was Hasler zu sagen hat, kann man getrost auch bei konzentrierter Arbeit noch gut mitverfolgen.

Hasler tritt näher. Entschieden zu nah. „Was ich Ihnen schon lange mal sagen wollte ..."

„Was denn?" *Jetzt wird's interessant.*

„Also ..., ich hab' mir überlegt ... Sie rauchen doch, oder?"

„Ja, aber ich denke, das ist allgemein bekannt ... Wieso?" *Will der etwa 'ne Zigi schnorren?*

„Wissen Sie, ich bin unlängst einmal wach im Bett gelegen und da hab' ich darüber nachgedacht, ob Rauchen zu Ihnen passt!"

Frau Stockinger schluckt erst mal, dann lacht sie laut und herzhaft drauf los. *Jetzt macht sich dieser Trottel (Verzeihung) doch tatsächlich Gedanken über meine Rauchgewohnheiten.* Aus reiner Neugier fragt sie aber trotzdem: „Und, zu welchem Schluss sind Sie gekommen?"

„Also ..., wenn ich ehrlich sein soll – es steht Ihnen nicht."

„Aha ...", würgt sie gerade noch heraus, bevor sie sich endgültig verschluckt.

„Und was soll ich Ihrer Meinung nach dagegen unternehmen? Ich meine, *damit es mir steht?*" *Auf die Antwort bin ich jetzt aber gespannt ...*

Hasler wiegt den Kopf hin und her. Mit ernstem Gesichtsausdruck und gesalbter Stimmlage meint er: „Eine gute Option wäre da sicher das Aufhören, aber ich weiß ja aus eigener Erfahrung, dass das ziemlich schwierig ist."

Wenn das alles ist, denkt sie und sagt: „Eben, ... außerdem will ich gar nicht aufhören!" Hypnotisch stiert sie auf das Dokument vor sich. *Verschwinde endlich, ich muss arbeiten,* sollte das eigentlich bedeuten, aber Hasler nimmt wie üblich keine Notiz davon.

„Etwas anderes wäre allerdings, wenn Sie sich dazu überwinden könnten, nur noch in der eigenen Wohnung zu rauchen, so quasi unsichtbar für andere. Wissen Sie, das würde Ihre Attraktivität bestimmt noch massiv steigern."

Jetzt reicht's aber! Was interessiert diesen Trottel mein Aussehen?

„Schauen Sie mich an – mich hält jeder für einen passionierten Nichtraucher, aber bloß, weil mich nie jemand rauchen sieht. Seit gut einem Jahr – damals habe ich meiner Freundin zuliebe aufgehört – rauche ich lediglich noch daheim. Da kann ich gemütlich vor mich hinpaffen und niemanden stört es."

Plötzlich beugt sich Hasler zu ihr hinunter und haucht ihr ins Gesicht.

Frau Stockinger zuckt zurück. Ein feuchtheißer Schwall *Fishermen's Friend* bläst ihr entgegen.

„Und immer einen frischen Atem ...", grinst er vielsagend.

Und wovor hat deine Freundin Reißaus genommen, du Schleimer? Vor dem ekligen Mundgeruch mit Minzgeschmack oder vor deiner schwulen Anmache?

Sie schaut demonstrativ auf die Uhr und nimmt einen neuen Anlauf: „Entschuldigung, Herr Hasler, ich muss jetzt wirklich weitermachen, der Chef kommt gleich."

Hasler überhört die Ansage wie jede andere verbale oder nonverbale Aufforderung, zu gehen. Im Gegenteil. Während sie so in ihre Arbeit vertieft ist, steht er, einen guten Meter schräg vor ihr da und studiert ihr recht ansehnliches Profil. Von oben nach unten.

Sie spürt fast körperlich, wie er sie mit seinem starren Blick schamlos taxiert ...

Mit fahrigen Bewegungen schiebt sie die Dokumente vor sich hin und her und versucht, sich auf den Text zu konzentrieren.

Jetzt hau schon endlich ab!

„Wissen Sie, ich mache mir halt Gedanken, wenn so eine hübsche junge Frau ihre Chancen mit – entschuldigen Sie – blödsinnigen Gewohnheiten vertut."

Du Arsch, das kann dir doch egal sein!

„Es ist ja nett von Ihnen, dass Sie sich wegen meines Aussehens sorgen, aber ich muss jetzt wirklich ..."

„Ja, schon gut, aber was halten Sie davon, wenn wir das Gespräch nach der Arbeit bei einem Apero fortsetzen? Es ist mir wirklich ein Anliegen, Ihnen zu helfen. Ich könnte Ihnen meine Sichtweise und ein paar gute Tipps zum Thema ‚Entwöhnung' geben ...", starrer Blick, sinngebende Pause, „... und womit man einen Entzug allenfalls kompensieren kann."

„Herr Hasler!" Frau Stockinger verliert endgültig die Geduld. „Wenn, hören Sie, w e n n ich mit dem Rauchen aufhören will, höre ich einfach so auf", sie schnippt mit den Fingern dazu.

„Aber Ihre Chancen ..."

„Tja, mein Freund steht total drauf, er findet es sogar richtig sexy."

Vollkommen perplex über diese Eröffnung, stottert er: „Ach so, ja dann ...", macht mit rotem Kopf kehrt und verschwindet aus ihrem Blickfeld.

Das Privileg der Starken
Judith Konzett

Wäre Barbara nicht Vereinsmitglied geworden, hätte sie ihn nie kennengelernt. Ivan Brankov sah überwältigend aus. Charmant war er obendrein. Dass er die deutsche Sprache nicht besonders gut beherrschte, war Nebensache. Sie verstand jeden Blick.

Bald kam er jeden Abend nach der Arbeit vorbei und kochte für sie. Wenn sie die Waschmaschine aufmachte, hatte er die Wäsche bereits aufgehängt, und zwar so, dass sie fast nichts mehr bügeln musste.

Seine Qualitäten als Liebhaber bescherten ihr eine Gänsehaut, wenn sie nur daran dachte. Sie konnte ihr Glück kaum fassen. Wie eine Prinzessin fühlte sie sich.

Nach zwei Wochen standen Zahnbürste und Rasierapparat in ihrem Bad. Im Verein war die Stimmung schlecht. Die Vereinskasse war aufgebrochen worden. In der Kasse hatte sich leider auch das Sparbuch mit dazugehörigem Passwort befunden. Ivan hatte vorgeschlagen, jedes Mitglied sollte eine kleine Summe spenden, damit sie nicht ganz auf dem Trockenen säßen. Barbara und Ivan machten den Anfang, zusammen spendeten sie 100 Euro. Sie war stolz auf ihn und seine guten Ideen.

Er schien es wirklich ernst zu meinen! Zwei Wochen später wollte er sie schon seiner Familie vorstellen und zwar in St. Petersburg. Die Flüge hatte er bereits gebucht. Sie war außer sich vor Freude. Er erzählte ihr ein wenig über seine Familie. Darüber, dass sein Vater unter mysteriösen Umständen ums Leben gekommen sei. Wie seine Mutter mit den beiden Kindern ein ärmliches Leben führte und darüber, wie er vor vier Jahren, auf nicht ganz legale Weise, mit einem Freund nach Österreich gekommen sei, um sein Glück zu versuchen.

„Etwas Besseres als den Tod findest du überall!", habe dieser gesagt.

Hier handelte er, auch nicht auf ganz legale Weise, mit Antiquitäten. Das Geschäft laufe gut.

Er freue sich auf seine Familie. Er würde nicht mit leeren Händen zurückkehren. Barbara würde ihn jetzt wohl auch ihren Eltern vorstellen müssen. Sie meldete sich sehr kurzfristig für einen Besuch an, damit die beiden nicht zu viel Zeit mit Vorbereiten und Nachdenken verbringen mussten.

Nach anfänglicher Distanziertheit verlief der Abend unerwartet gut. Ivan eroberte die Herzen ihrer Eltern mit seinem unwiderstehlichen Charme, seinen etwas altertümlich anmutenden Manieren und einem guten Wodka. Barbara war erleichtert.

Zwei Tage vor ihrem Abflug lud Ivan sie zum Essen in ein asiatisches Restaurant ein. Es war eines der Besseren, wie sie feststellte. Das Menü hatte Ivan vorbestellt. Es gab sieben Gänge. Beschämt dachte Barbara an ihre Enttäuschung, als sie nach der Arbeit heimgekommen und kein Essensgeruch ihr entgegenweht war. Ivan hatte vor dem Fernseher auf der Couch gelegen, seine Füße mit den durchscheinenden, alten, wenn auch sauberen Socken auf dem kleinen Tischchen, hatten sie gestört.

Zur Rechnung gab es ein kleines Glas Sake und einen Glückskeks. Als Barbara den Keks aufbrach, fiel ein Ring heraus, Schmal mit Diamanten besetzt. Auf dem zusammengerollten Zettel las sie:

„Jeder kann einen Menschen hassen, doch nicht jeder kann ihn lieben. Das ist ein Privileg der Stärkeren" (russisches Sprichwort).

Willst du mich heiraten?
Dein Ivan
Sie weinte vor Glück.
„Ja, Ja!", schluchzte sie.

„Ich werde ihn heiraten!", schrie sie zu den anderen Gästen gewandt, die sich ihnen interessiert zugewandt hatten.

Der Kellner lächelte, als er ihnen ein Glas Champagner auf Kosten des Hauses auf den Tisch stellte. Barbara Brankova, so hatte er sie genannt. Das erste Mal war sie mit ihrem Vornamen zufrieden. Er war einfach ideal. Am nächsten Morgen hatte sie rote Wangen von seinen Bartstoppeln. Gleich nachdem sie gefrühstückt hatten, rief sie ihre Eltern an.

Ihre Mutter wirkte sehr müde, als sie sich meldete.

„Ist etwas nicht in Ordnung bei euch?", fragte Barbara zögernd noch, bevor sie mit ihrer Nachricht herausgeplatzt war.

„Ach weißt du, die Münzsammlung deines Vaters ist verschwunden. Er wollte sie verkaufen, mit dem Hintergedanken, euch, falls das mit Ivan etwas Ernstes ist, etwas den gemeinsamen Start zu erleichtern. Weißt du, er war so begeistert von ihm. Er hat sich sogar für einen Russischkurs angemeldet!"

„Er ist ein weiser Mann, wir werden heiraten, in St. Petersburg. Die Alben werden schon wieder auftauchen, Mama, du weißt doch, wie oft Papa schon etwas so gut versteckt hat, dass er es selbst nicht mehr fand. Ivan und ich brauchen eure finanzielle Unterstützung doch auch gar nicht. Ich freue mich, dass ihr nicht gegen uns seid."

„Wir freuen uns natürlich mit dir, aber im ersten Punkt wirst du nicht Recht behalten. Die Alben sind alle da, nur die Münzen fehlen."

Das Gespräch war nicht so verlaufen, wie Barbara es sich vorgestellt hatte, etwas bedrückt legte sie den Hörer auf. Wie oft hatte sie ihren Eltern schon gesagt, sie sollten ihre Wohnungstür immer verschließen.

Am frühen Abend, als alles gepackt war, hatten sie sich mit ihrer besten Freundin Elisabeth verabredet. Wenigstens ihr wollte sie noch von ihrem Glück erzählen. Barbara überlegte ob es wohl möglich wäre, sie zu überreden, bei der Hochzeit dabei zu sein. Elisabeth musste nicht überredet werden, sie würde zehn Tage nach ihnen kommen.

Barbara war erleichtert.

Am nächsten Morgen nahmen sie den Zug zum Flughafen. Ivan war nervös, immer wieder stand er auf, um sich die Beine zu vertreten. Barbara war in den Reiseführer von St. Petersburg versunken. Der Flug verlief ohne Turbulenzen.

Ivans Familie empfing sie mit unglaublicher Herzlichkeit. Sie waren sehr ärmlich und doch festlich gekleidet. Barbara hoffte, sie würden den Preis ihres Kostüms nicht einmal erahnen. Das Essen schmeckte Barbara ausgezeichnet. Wie Ivan verstand es seine Mutter, aus wenigen einfachen Dingen Köstlichkeiten zuzubereiten.

In den nächsten Tagen war Ivan damit beschäftigt, die Heizung in der Wohnung seiner Schwester zu reparieren. Er schloss einen Zehnjahresvertrag mit dem Holzlieferanten ab. Seine Mutter bekam eine neue Waschmaschine. Der Schwager eine superteure Uhr. Die Abende verbrachten sie mit Familiengesprächen.

Als Barbara von der Münzsammlung ihres Vaters erzählte, stand Olga, Ivans Mutter, langsam auf und verließ den Raum.

„Auch Ivans Vater war leidenschaftlicher Münzsammler, diese eine hier konnte ich retten, sie soll für deinen Vater sein, sie soll unsere Familien in Zuneigung verbinden", erklärte sie, als sie Barbara eine kleine Schatulle mit einer Goldmünze reichte.

„Ich weiß, du hast nur Gutes gewollt, als du die Sammlung nach und nach verkauft hast, Ivan, aber diese eine hier bedeutete deinem Vater so viel, dass ich sie versteckt habe. Jetzt soll sie einem guten Zweck dienen", sprach sie zu ihrem Sohn, der blass in seinem Stuhl versunken dasaß.

Ungefähr so war es, wenn Barbara alles richtig verstanden hatte. Ihr Russisch ließ immer noch zu wünschen übrig. Sie war gerührt. Die Hochzeit war bis auf ihr Kleid sehr einfach gehalten. Es war Barbaras Wunsch gewesen.

Elisabeth war nicht gekommen. Am Abend zuvor hatte sie weinend angerufen. Sie könnte ihre Kreditkarte nicht finden. Das Visum und alles andere hätte sie schon organisiert. Sie verfluchte ihre Schusseligkeit und wünschte Barbara alles Liebe.

St. Petersburg war mehr als nur ein Traum. die letzten Tage, ihre Flitterwochen sozusagen, vergingen wie im Flug. Doch auch der schönste Traum war einmal vorbei. Barbara hatte mehr Russisch gelernt, als sie für möglich gehalten hätte.

Trotz der Wehmut beim Abschied freute sie sich doch auf Daheim. Sie hatte viel zu erzählen. Ihre Familie und ihre Freunde würden staunen. Im Flugzeug freute sie sich auf die Zeitung. Endlich einmal alles sicher verstehen. Erleichtert und müde kuschelte sie sich an Ivan. Die Zeitung machte auf mit der Schlagzeile:

ZUGDIEBSTÄHLE NOCH IMMER NICHT AUFGEKLÄRT

Zur Zeit ihrer Abreise schien ein dreister Dieb im Zug sein Unwesen getrieben zu haben.

Sie hatte noch ein paar Tage Zeit, bis sie wieder zur Arbeit musste. So hatte sie es geplant. Ivan war nicht so vorausschauend gewesen.

Gleich am nächsten Tag änderte sie ihr Türschild.

IVAN BRANKOV & BARBARA BRANKOVA

Gedankenverloren strich sie über die Schrift. Sie speicherte die vielen Fotos auf ihrem Laptop und verbrachte einige Zeit, um sie zu ordnen und in Erinnerungen zu schwelgen. Sie hatte sich bei Elisabeth angemeldet. Liebevoll packte sie die kostbare Petruschkapuppe, die sie mit Ivan zu einem, wie er sagte, akzeptablen

Preis erstanden hatte, in ein seidenbespanntes Kästchen. Für ihre Freundin nur das Beste. Elisabeth würde sich freuen. Dann packte sie den Laptop und machte sich auf den Weg.

Elisabeth wirkte angespannt, als sie die Tür öffnete. Barbara roch gleich, dass sie wieder rauchte. Was war passiert, sie hatte sich ihr Wiedersehen anders vorgestellt. Immerhin hatte sie Kaffee gemacht.

„Danke!", sagte Elisabeth leise und öffnete langsam das Päckchen. Sie betrachtete die Puppe von allen Seiten, machte sie auf, schaute in die leeren Schalen, bei der nächsten Puppe verfuhr sie genauso, auch bei der nächsten und so weiter.

„Was machst du da?", entfuhr es Barbara verunsichert.

„Ich schaue nach, ob meine Kreditkarte vielleicht darin versteckt ist", kam die patzige Antwort.

Barbara setzte ihre Tasse ab.

Lange sagte keine der beiden ein Wort.

„Was würdest du tun, wenn der Mensch, den du über alles liebst, sich plötzlich als gemeiner Dieb entpuppen würde, Barbara. Was würdest du tun?", fragte Elisabeth langsam und eindringlich.

Barbara schwieg lange. Sie dachte an die Vereinskasse, an die Münzsammlung ihres Vaters, an Ivan, wie er sich im Zug die Füße vertrat. Dann dachte sie an den Verlobungsring, den Flug nach St. Petersburg, an die Heizung, die Waschmaschine, die Uhr. Sie sah Ivans alte, durchscheinende Socken, seine Hände, wenn er sorgfältig die Wäsche aufhängte, das Lächeln, wenn er in seiner roten Suppe rührte. Sie fühlte seine Bartstoppeln beim Küssen über ihre Wangen reiben. Ihre Hand umklammerte das Etui mit der Münze für ihren Vater, das sie immer noch in ihrer Tasche bei sich trug. Der Blick von Ivans Mutter, als sie es ihr überreichte. Ihr fiel der seltsame Spruch im Glückskeks ein. Das alles ging ihr durch den Kopf.

„Ich würde", erwiderte sie langsam, „ich würde meine Kreditkarte verstecken."

Die Erziehung des besten Freundes
Mary Rieger

Die Anschaffung ist gar nicht so einfach. Man bekommt den besten Freund nicht einfach so. Oh nein, der muss erzogen werden, das sagte schon meine Oma.

Will man den idealen Partner behalten und lange daran und mit ihm Freude haben, muss man ihm von der ersten Stunde an zeigen, wo es lang geht und wer das Alphatier ist, sprich der Mensch.

Eine vollkommene Beziehung muss immer von Anfang an ins Auge gefasst und Mann so wie Hund an der kurzen Leine gehalten werden.

Gute Erziehung ist das Wichtigste überhaupt. Beide fühlen sich dann wohl und sind allzeit ein guter Kamerad.

Ob die Erziehung fruchtet, hängt ganz alleine von Ihnen ab. Ruhe, Geduld und Konsequenz sind natürlich Voraussetzung, auch ein erstklassiges Reaktionsvermögen sollte man besitzen.

Gefahren lauern überall. Egal, ob blond, rot, braun oder gefleckt, die stehen in den Startlöchern und lauern nur darauf, dir die Zügel aus der Hand zu nehmen.

Lassen Sie Ihren Liebling nie allein, und wenn es doch sein muss, beschäftigen sie ihn ausgiebig, sodass er nicht mehr im Stande ist, an etwas anderes als Ruhe und Schlaf zu denken. Im Zustand der völligen Erschöpfung wird er keine Dummheiten anstellen.

Sollten Sie gezwungen sein, ihn allein zu lassen, machen Sie das ganz langsam, am Anfang nur ganz kurz. Loben Sie ihn, wenn er brav auf sie gewartet hat. Diese Übung sollten Sie regelmäßig in immer größeren Abständen ausführen und stets mit einem Leckerli belobigen – ganz gleich welcher Art. Lassen Sie das Radio oder den Fernseher an, damit er sich nicht so alleine fühlt, wenn Sie das Haus verlassen.

Die meisten sind Rudelmitglieder und ordnen sich gerne unter, sofern sie von Anfang an mit liebevoller Hand erzogen werden. Es gibt aber auch die aufbrausenden und störrischen Hitzköpfe, denen muss das Alphatier, sprich der Mensch, mit Geduld und Konsequenz den Weg weisen. Wird trotz allem der Gehorsam verweigert, zeigen Sie ihm die kalte Schulter und verweigern ihm jegliche liebevolle Zuwendung.

Erst wenn er sein forderndes Benehmen aufgibt, streicheln Sie ihn wieder und demonstrieren ihm Ihre Zuneigung, sprich Liebe.

Auch das innigste Verhältnis kann gestört werden, wenn er sich zum Dauerstörer aufplustert und mit seiner Keiferei nicht aufhört.

Geben Sie nicht nach, sondern versuchen Sie es mit einem konsequenten „Nein"; sollte das nicht helfen, wenden Sie einen festen Griff in die untere Gesichtspartie an, sodass sofortige Stille herrscht.

Man muss es ihm auch nachsehen, denn er hat sich über tausende von Jahren den Lebensgewohnheiten des Menschen angepasst. Er ist Beschützer, Wächter, Jäger und Sammler in einem.

Es ist an einem selbst, sich ein besseres Wissen anzueignen und ab und an mit einem kleinen Lächeln über gewisse Unarten hinwegzusehen.

Gehen Sie mit ihm aus, lassen Sie ihm niemals den Vortritt, sondern gehen als Erster durch die Tür. Nehmen Sie es ihm nicht übel, wenn sein Blick nicht ausschließlich auf Sie gerichtet ist. Lassen Sie seine Augen ruhig umherschweifen, nach dem Motto: „Appetit holen kann man auswärts, gegessen wird zu Hause."

An Ihnen wird es liegen, ob die Partnerschaft gelingt oder nicht. Na ja ein klein wenig wird auch er dazu beitragen.

Übersehen Sie es einfach, wenn er knurrt und mit den Zähnen fletscht, auch er hat das Recht, sich aufzubäumen, nur wie weit, das entscheiden Sie, das Alphatier Mensch.

Die Gewissheiten des Herrn Baumbach
Horst-Stefan Jochum

Täglich um sechzehn Uhr dreißig kommt Herr Baumbach an dem kleinen Spielwarengeschäft in der Schubertstraße vorbei. Dort schaut er ins Schaufenster und betrachtet die Auslagen. Nun, so ganz stimmt das nicht. Herr Baumbach betrachtet zwar die Auslagen, aber sie sind nicht Gegenstand seines Interesses, das heißt: Eigentlich mustert er sie nicht wirklich. Herr Baumbauch hat nämlich ein kleines Geheimnis, oder besser gesagt: Es gibt da etwas in seinem Leben, das ihn sehr beschäftigt und von dem niemand weiß außer ihm.

Herr Baumbach begutachtet die Perlmuttknöpfe der Ziehharmonika im Schaufenster, aber er bestaunt nicht wirklich die Perlmuttknöpfe der Ziehharmonika, sondern,

und jetzt ist es endlich raus, er beäugt die Spielwarenverkäuferin.

Wie üblich sitzt sie mit ihren braunen, hochtoupierten Haaren neben ihrer Kasse und geht die Positionen der Inventarliste durch, um Neubestellungen zu tätigen.

Herr Baumbach weiß, dass es die Inventarliste ist, denn diese Liste befindet sich auf einem großen, weißgrün gestreiften Papier, und das Inventar des Spielzeugladens ist sichtlich nicht gerade klein, nicht so klein, dass es auf ein gewöhnliches Blatt Papier passen würde.

Jeder Mensch hat ein Geheimnis, sei es noch so klein oder groß. Fast würde Herr Baumbach behaupten, ein Mensch ohne Geheimnis sei eigentlich gar kein Mensch. Insofern steht Herr Baumbach vor seinem Geheimnis, welches das Geheimnis seines Herzens ist, nämlich das Schaufenster des Spielzeugladens, beziehungsweise die sich dahinter befindliche Spielwarenverkäuferin.

Aber Herr Baumbach hat an diesem Tag das Gefühl, dass irgendetwas nicht so ist, wie üblich. Er inspiziert die Spielwaren mit größerer Aufmerksamkeit als sonst, kann aber keine ungewöhnlichen Unregelmäßigkeiten feststellen. Es ist alles, wie es stets ist, und es ist wie immer fabelhaft. Einmal mehr muss Herr Baumbach erkennen, dass die Spielwarenverkäuferin über einen ausgezeichneten Geschmack verfügt. Und dieser ausgezeichnete Geschmack imponiert Herrn Baumbach einmal mehr an diesem Tag. Die Waren der Spielwarenverkäuferin sind die schönsten Spielwaren, die Herr Baumbach je gesehen hat. Und viele der Spielwaren würde Herr Baumbach, wenn er ein Kind wäre, unbedingt haben wollen. Zum Beispiel den Spielzeugkran aus Druckguss, dessen rot-weißer Ausleger über das Dach des Puppenhauses ragt. Herr Baumbach starrt fasziniert den schwarz-gelben Greifer des Spielzeugkrans an und dann die Spielwarenverkäuferin. Mit ganz kurzen, wohldosierten Blicken. Beobachtet, wie sie dasitzt. Wie sie so dasitzt. Noch nie hat Herr Baumbach eine Frau so dasitzen sehen. So ... so ... Es ist ein Bild für die Götter, es könnte das Bild eines Malers sein. Mit dem Titel: „Die Spielwarenverkäuferin hinter ihren Auslagen", oder: „Die Spielwarenverkäuferin im Schaufenster", oder einfach nur: „Die Spielwarenverkäuferin", Öl auf Leinwand 90 x 120.

Ach, wie die Spielwarenverkäuferin mit ihrer ein Meter sechzig Größe so dasitzt! Woher Herr Baumbach weiß, dass die Spielwarenverkäuferin ein Meter sechzig groß ist? Nun, der Kopf der Spielwarenverkäuferin befindet sich auf der Höhe der Kasse und die Kasse befindet sich auf einer Höhe von ein Meter zwanzig, da zwischen Stehen und Sitzen eine Höhendifferenz von vierzig Zentimetern besteht, ist die Spielwarenverkäuferin ein Meter sechzig groß. Woher Herr Baumbach weiß, dass sich die Kasse auf einer Höhe von ein Meter sechzig befindet? Nun, Herr Baumbach hat sich ein Ultraschall-Längenmessgerät besorgt und die Höhe der Kasse im Bekleidungsgeschäft gegenüber nachgemessen, dann die Höhe der Kasse in der Apotheke am Buchenweg und die Höhe der Kasse im Baumarkt am Beethovenplatz.

Alle diese Kassen befinden sich exakt auf einer Höhe von ein Meter zwanzig.

Woher Herr Baumbach weiß, dass zwischen Stehen und Sitzen eine Höhendifferenz von vierzig Zentimetern existiert? Nun, Herr Baumbach hat sich im Stehen und Sitzen gemessen, dann seinen Arbeitskollegen Paul Schneider, und danach unauffällig eine der Kantinenfrauen im Stehen und zuletzt noch unauffälliger Frau Schultheis, die Sekretärin seines Chefs, im Sitzen.

Wie gesagt, ist die Spielwarenverkäuferin ein Meter sechzig groß. Herr Baumbach ist übrigens ein Meter fünfundsechzig groß, was aber hier nichts zur Sache tut. Denn etwas zur Sache trägt einzig und alleine das Schaufenster des Spielwarengeschäfts bei, mit dem – Herr Baumbach kann sich des Gefühls noch immer nicht entledigen – an diesem Tage irgendetwas nicht stimmt. Und so betrachtet Herr Baumbach das linke Ohr des braunen Plüschteddys, und sogleich wieder die Spielwarenverkäuferin, welche die Eigentümerin des Ladens ist. Woher Herr Baumbach das weiß? Nun, erstens hat Herr Baumbach noch nie bemerkt, dass jemand der Spielwarenverkäuferin Anweisungen gegeben oder sich jemand sonst in irgendeiner Weise chefmäßig aufgeführt hätte, zweitens ist jemand, der eine Inventarliste durchgeht, um Neubestellungen zu tätigen, keine einfache Arbeitskraft, und drittens ist die Spielwarenverkäuferin fünfunddreißig Jahre alt und mit fünfunddreißig hat eine tüchtige Frau von heute schon etwas eigenes auf die Beine gestellt.

Herr Baumbach betrachtet weiterhin die Auslagen im Schaufenster, und das Gefühl, dass irgendetwas nicht so ist, wie sonst, beschleicht ihn dabei erneut. Herr Baumann betrachtet die nackten Beine der Barbie-Puppen, aber in Wahrheit betrachtet er die nackten Beine der Spielwarenverkäuferin und ist sich sicher, dass die Beine der Spielwarenverkäuferin die perfekteren Beine sind.

Woher Herr Baumbach weiß, dass die Spielwarenverkäuferin fünfunddreißig Jahre alt ist? Nun, die Spielwarenverkäuferin ist fünfunddreißig Jahre alt, weil eine Frau von dreißig nicht das Kapital hat, um sich selbstständig zu machen. Außerdem weiß eine Frau von fünfunddreißig genau, was sie will. Herr Baumbach mustert wieder die nackten Beine der Barbiepuppe und dann die nackten Beine der Spielwarenverkäuferin – solche Beine hat eine Frau mit fünfunddreißig und basta, man muss ja nicht alles bis auf das Letzte mit Sicherheit wissen.

Das alles weiß Herr Baumbach schon lange, schon mindestens seit einem Jahr. Aber Herr Baumbach weiß noch viel mehr über die Spielwarenverkäuferin:

Zum Beispiel, welcher Tee sich in der Tasse befindet, an der die Spielwarenverkäuferin jetzt nippt. Nun, es ist original „Bergfeld" Pfefferminztee. Woher Herr Baumbach das weiß? Nun, er weiß es, durch das hellgrüne Schildchen, das an der Tasse herunterbaumelt.

Wieso? Nun, auf dem hellgrünen Schildchen befindet sich der Aufdruck „Bergfeld", den Herr Baumbach aus der Entfernung zwar nicht lesen kann, aber die geschnörkelte Schrift ist eindeutig als die „Bergfeld"-Schrift identifizierbar. Wieso es sich um Pfefferminztee handelt? Nun „Bergfeld"-Tee gibt es in den Sorten Fenchel mit braunem Schild, Brennnessel mit dunkelgrünem Schild, Kamille mit gelbem Schild und eben Pfefferminz mit hellgrünem Schild. Übrigens trinkt Herr Baumbach seit einem halben Jahr ebenfalls „Bergfeld"-Tee, was aber hier nichts zur Sache tut.

Was weiß Herr Baumbach noch über die Spielwarenverkäuferin?

Nun, das, was man unbedingt über beziehungsweise von einem Menschen wissen sollte: Nämlich seinen Namen. Und der Name der Spielwarenverkäuferin lautet „Petra Schönenberger". Woher Herr Baumbach das weiß? Tja, das herauszufinden, war recht einfach.

Da das Spielwarengeschäft im Branchentelefonbuch steht, brauchte Herr Baumbach bloß anzurufen. Als die Spielwarenverkäuferin sich mit „Spielwaren Pfiffikus" meldete, fragte Herr Baumbach, mit wem er spreche, da gab die Spielwarenverkäuferin zur Antwort: „Petra Schönenberger." Insofern weiß Herr Baumbach natürlich auch, wo die Spielwarenverkäuferin wohnt, denn er brauchte ja nur im Telefonbuch nachzuschauen: „Schönenberger, Petra, Haldenweg 3". Zugegebenermaßen schämt sich Herr Baumbach etwas für diese Art der Informationsbeschaffung, denn sie hat schon etwas, das vollkommen plump, und fast stalkerhaft ist. Dies ist auch der Grund, warum Herr Baumbach fortan auf diese Art der Recherche verzichtet.

Herr Baumbach betrachtet den roten Ferrari mit seiner aufgeklappten Motorhaube und hat wiederum den Verdacht, dass heute irgendetwas nicht stimmt. Er betrachtet also den roten Ferrari und dann betrachtet er den Mund der Spielwarenverkäuferin, der jetzt wieder am „Bergfeld"-Tee nippt.

Die arme Spielwarenverkäuferin! Das, arme, arme Mädel! Herr Baumbach weiß nämlich, dass die Spielwarenverkäuferin eine schwere, entsagungsvolle Kindheit hatte. Woher er das weiß?

Herr Baumbach hat in „Psychologie konkret" gelesen, dass der Mensch die Defizite, die in seiner Jugend und Kindheit entstanden sind, kompensiert, sobald er als Erwachsener dazu in der Lage ist. Herr Baumbach möchte dieses Thema nicht weiter ausführen, es rührt sein Herz, wenn er mit ansehen muss, wie die Spielwarenverkäuferin umgeben von Puppen und Plüschtieren an ihrer Kasse sitzt. Das arme, arme Mädel!

Ja, Herr Baumbach weiß eine Menge über die Spielwarenverkäuferin, genaugenommen fast alles, was man über einen fremden Menschen wissen kann. Aber dennoch gibt es da etwas, das Herr Baumbach bis jetzt nicht in Erfahrung bringen konnte. Und diese Frage quält ihn mit jedem Tag, an dem sie unbeantwortet bleibt. Und diese eine Frage lautet: Ist die Spielwarenverkäuferin eine alleinstehende Frau oder nicht?

Dafür, dass sie eine Single-Frau ist, gibt es eine Hand von Indizien und wiederum Indizien dafür, dass sie einen Partner hat.

Herr Baumbach möchte darauf verzichten, die Anhaltspunkte aufzuzählen und sie gegeneinander abzuwiegen, denn sie sind allesamt viel zu vage.

Herr Baumbach visiert wieder den rot-weiß gestreiften Ausleger des Baukrans an. Dann die Puppenstube darunter, blickt in die Küche der Puppenstube. Herr Baumbach schaut genau. Am Küchentisch sitzt eine Puppe. Sie trägt einen blauen Rock. Herr Baumbach staunt, denn es ist genau der gleiche Rock, wie ihn die Spielwarenverkäuferin anhat; darüber ist die Puppe in eine weiße Bluse gekleidet. Herr Baumbach staunt noch viel mehr, denn es ist exakt die gleiche Bluse der Spielwarenverkäuferin. Die braunen Haare der Puppe sind hochtoupiert. Und, Herr Baumbach geht mit dem Kopf ganz nahe ans Schaufenster, und guckt noch genauer hin: Die Puppe stiert ihn an und ... Winkt sie ihm zu?

Herr Baumbauch öffnet vor Überraschung den Mund: Auf dem Tisch steht eine Tasse, die ebenso aussieht wie die Tasse „Bergfeld"-Tee der Spielwarenverkäuferin. Herr Baumbach meint, sogar ein hellgrünes Schildchen an der Tasse herunterbaumeln zu sehen. Herrn Baumbachs Herz beginnt zu pochen, zu rasen. Er blickt auf. Dabei trifft er plötzlich und zum ersten Mal, zum allererstenmal, den Blick der Spielwarenverkäuferin.

Als er wie paralysiert durch die Schubertstraße hastet, sieht er immer wieder dieses eine Bild: Wie die Spielwarenverkäuferin ihm zuwinkt. Und er hört ständig, dass sie etwas zu ihm hergerufen hat, etwas, das Herr Baumbach aber nicht mehr verstehen konnte.

Hundemüde
Judith Konzett

Nachdem Klara noch schnell die Wäsche gemacht, die Zähne geputzt und sich ausnahmsweise eine Gesichtsmaske gegönnt hatte, betrat sie leise, aber erwartungsvoll das Schlafzimmer.

Anton lag schon im Bett. Wie es aussah, war er wohl in der Zwischenzeit eingeschlafen. Behutsam schob sie sich unter die Bettdecke und legte sich zu ihm. Sie freute sich immer auf diesen Augenblick, denn er war stets genau eine Spur wärmer als sie, so richtig angenehm. Heute aber war das nicht der Fall, was sie verwunderte. Sie rückte noch ein wenig näher an ihn heran, um ihn aufzuwärmen. Währenddessen arbeitete ihr Gesicht. Hinter ihren geschlossenen Augen war es nicht mehr dunkel, Hitze flammte rot über ihre Wangen. Klaras Haut, an solcherlei Zuwendungen nicht gewohnt, schien sich kräftig gegen die verjüngende Pflege zu wehren. Sie unterdrückte einen tiefen Seufzer. Ihre Hüfte schmerzte. Eigentlich sollte sie sich umdrehen, aber sie wartete lieber noch ein bisschen, denn Anton hatte einen leichten Schlaf, und wenn er zu wenig Schlaf hatte war der nächste Tag im Eimer. Sie hatte einmal gehört, wenn man sich auf den Schmerz konzentriere, würde dieser verschwinden. Also schickte sie ihr inneres Auge in ihre Hüfte; bevor sie den Schmerz genauer unter die Lupe genommen hatte, war er auch wirklich schon verschwunden und in ihrem armen Rücken wieder aufgetaucht, auch dort hielt er sich nicht lange auf und reiste, ohne ihre genauere Analyse abzuwarten, in ihr Ohr. So war Klara längere Zeit mit der Verfolgung des flüchtigen Schmerzes beschäftigt, ohne sich zu bewegen. In der Zwischenzeit war Antons Körper heiß geworden. Er schwitzte. Sein Schweiß brannte auf ihrer Haut. Sie rückte ganz langsam ein paar Zentimeter von ihm ab, nicht zu weit, damit kein zu großer Temperaturunterschied entstand, der ihn wecken könnte, hob mit ihrem rechten Fuß leicht die Bettdecke an, wodurch ein winziger Luftzug entstand, der ihr Erleichterung verschaffte. Den Fuß legte sie sanft auf Antons Bein ab, um ein wenig Stabilität in die Sache zu bringen.

Endlich war es soweit! Umdrehen war angesagt, sie war Meisterin darin, die Signale seines Körpers zu deuten. Ihre Hüfte war vorübergehend gerettet.

Anton hatte sein Gesicht an ihren Hals gelegt und stöhnte leise. Ein fast lustvolles sanftes Geräusch, das mit jedem seiner Atemzüge sanft über seine Lippen drang. Der leichte Wind aus seinem Mund kitzelte sie im Nacken. Sie stellte sich vor, wie sein Atem zärtlich um seine Stimmbänder streifte.

Ihre Hüfte meldete sich wieder. Klara versuchte, ruckartige Bewegungen zu vermeiden und drehte sich vorsichtig in eine bessere Lage. Eigentlich wäre die Rückenlage am vorteilhaftesten, aber leider neigte sie in dieser Position dazu, zu schnarchen, wenn sie die Sechzigkilogrenze überschritten hatte. Sie sollte mehr Sport treiben und weniger essen. Angestrengt horchte sie ins Dunkel, ob sie seine Wimpern über das Kopfkissen streifen hörte, denn anders als sie, hatte Anton die Augen, wenn er wach war, auch im Dunkeln offen.

Klara wollte das Dunkel nicht sehen, deshalb ließ sie die Augen immer zu. Nein, sie hatte ihn nicht geweckt!

Leider kam schon die nächste Katastrophe unweigerlich auf sie zu. Der Druck in ihrer Blase. Sie wartete noch eine Weile, aber da gab es kein Entrinnen. Besser wäre es wohl, das Teetrinken vom Abend auf den Morgen zu verschieben, überlegte sie. So langsam und leise wie möglich, schlich sie sich aus dem Bett und aus dem Zimmer. Als sie wieder zurückkehrte, zeigte der Wecker 2.00 Uhr. Anton knirschte mit den Zähnen. Das bedeutete, sie hatte ihn zumindest nicht aufgeweckt.

Sie war hundemüde, obwohl das wohl nicht der richtige Ausdruck war. Ihr Hund schlief die ganze Zeit, müde war er aber, wenn er wach war, nie. Bei ihr war das eher umgekehrt. Ein leises Schnarchgeräusch drang in ihre Gedanken. Es kam und verschwand. Ein weiteres Mal wurde umgedreht. Anton legte seine warme Hand auf ihren Bauch. Irgendwie musste sie dann doch eingeschlafen sein. Sie träumte, Anton stände in seinem blaugemusterten Pyjama in der Tür und sehe unendlich müde aus. Den Pyjama mochte sie gerne, er verlieh seinen kantigen männlichen Zügen etwas Sanftes. Nur die Umstände, unter denen er ihn trug, waren ihr unangenehm. Es war immer dann, wenn er sich, von ihren nächtlichen Aktivitäten gestört, ins mittlerweile verwaiste Kinderzimmer ihrer Tochter flüchtete. Dort fühlte er sich aufgrund ihrer fehlenden Wärme von einer Erkältung bedroht, wie er sich ausdrückte.

Sie erwachte, als der Hund des Nachbarn bellte.

Anton war noch da, wie sie erstaunt feststellte.

„Hast du gut geschlafen?", fragte sie verwirrt.

„Ausgezeichnet, du hast vergessen, zu schnarchen! Und du?"

„Ach, lass mich noch ein wenig!"

Anton hatte Kaffee gemacht. Auch wenn sie es nicht gerne zugab, sie freute sich schon auf den Abend. Er musste geschäftlich für eine Nacht verreisen. Sie würde sich ohne Reue dem Tee hingeben. Danach würde sie sich wie wild im Bett herumwälzen, mit ruckartigen Bewegungen. Auf dem Rücken würde sie liegen und sich an sein sanftes Stöhnen erinnern. Und vielleicht an Sex denken – mit Anton.

Lektionen für Traumtänzer

*Wo die Pferde versagen,
schaffen es die Esel.*
Papst Johannes XXIII

Bauanleitung für Luftschlösser
Gabriele Ulmer

Wenn sich die Sehnsucht der Wirklichkeit bemächtigt und wenn sich der Verstand den Glücksmomenten beugt, dann spüren wir, dass das Leben uns etwas vorenthält, und wir erheben selbstverständlich Anspruch auf all das, was uns von jeher zusteht. Nichts liegt dann näher als ein Luftschloss. Und da kein Mensch von Natur aus bescheiden ist, boomt der Luftschlossbau. Vor allem im Verborgenen.

Unter den Bauherren findet man nicht nur Hungerleider, Schwerenöter, einäugige Könige, Sehnsüchtler und Endstationäre, sondern auch Wunschträumer, Seelenbaumler, Zeitnehmer und Aufwindsurfer. Für die himmlischen Realitäten interessieren sich Weltentrückte genauso wie Wirklichkeitsformer. Mancher Winterwettertrotzer schafft sich mit dem Luftschloss eine Sommerresidenz. Als außerirdische Zufluchtsstätte dient es den Weltuntergangspropheten. Nicht zuletzt aber sind die windigen Prachtbauten eine Ruhezone im Weltenwirbel und damit perfekte Notunterkünfte für die Seele. Die Not lässt Mängelexemplare errichten, sie adelt die Erbauer.

Aus unzuverlässigen Quellen kommt das sichere Gerücht, es würden sogar schon Wettbewerbe unter namenlosen Architekten in dieser Königsdisziplin stattfinden. Die Jury – bestehend aus internationalen Luftikussen und windigen Hochbauingenieuren – sei bis zur Sichtgrenze gefordert, unter den unzählbaren Einreichungen erst einmal echte Luftschlösser von falschen zu unterscheiden und weiters in einem zweiten Durchgang die Haltbarkeit sowie Stabilität zu prüfen, um dann in einem dritten Durchgang das schönste, größte, beste Modell zu küren. Es wird berichtet, dieser Wettbewerb habe sich allerdings schon wieder in Luft aufgelöst, da einer der Teilnehmer kurz nach der Verleihung des Wolkenkuckucksheimpokals über das letzte Siegermodell spontan gesagt habe: „Da gibt es ja nichts zu sehen!" Die Wirkung war fatal. Nicht nur, dass er seinem Unmut Luft gemacht hatte, dieser Ausspruch soll zu spontaner Entrüstung und vorläufiger Absage des Wettbewerbs geführt haben. Und obwohl das Bauen von Luftschlössern zu den freien Künsten gezählt werden darf, wurden daraufhin neue Richtlinien erlassen und Experten auf höchster Ebene um Rat gefragt.

Einer dieser Experten ist der Geldbörsenfachmann Direktor Orkan W. Heißluft, der weltbekannte Blasenspezialist. Er vertritt den luftigen Standpunkt: „Nun ist das Bauen an sich meist eine Kostenfrage. Doch keine Angst bei Luftschlössern: Preis oder nicht Preisgabe, das ist hier nicht die Frage. Jeder kommt auf seine Kosten! Regel Nummer Eins: Geld ist zu meiden! Wer wenig Mittel hat, baut meist mehr und größere Luftschlösser. Es ist weitaus wichtiger, spontan dem Anspruch der Gegebenheiten zu entsprechen und sich wie der Mond, der sich mit seinem Hof im Wasser spiegelt, leeren Spekulationen hinzugeben. So baut man für Nichts und wieder Nichts und investiert außerdem noch in die Zukunft."

Grundstücks- und Versicherungsmakler sind sich einig: „Wenn der ganze Himmel zur Terrasse wird, kann man die großen Sicherheiten der Erde getrost von oben herab betrachten."

Zum Thema „Baugrund" äußert sich ein Sprecher der Firma Lug & Trug, Büro für Zukunftsfragen und Jetztzeitmessung. folgendermaßen: „Geht es um den Grund, so ist nichts zu vermessen. Luftschlossbauer haben meist private Gründe. Man baut aus bodenlosem Übermut, aus bodenloser Verzweiflung oder auf den Sand, den der Sandmann liefert. Auch Wolken, allen voran die Wolke Sieben, eignen sich. Hanglagen empfehlen sich besonders bei Bauherrn, die den Hang zu grenzenlosem Übertreiben haben. Eine Schieflage ist kein Nachteil. Bloß keine grundlosen Sorgen machen! Letzten Endes ist doch nur die Höhenlage entscheidend."

Das abgehobene, irdisch und überirdisch tätige Architekturbüro Coop Himmelbau und Partner lässt sich zu folgender Stellungnahme herab: „Hat man sich einmal für ein Luftschloss entschieden, so empfiehlt es sich zunächst, planlos ein Kopfkonstrukt in Leichtbauweise zu errichten. Man fange ruhig oben an, ganz oben, himmelweit oben! Man setze eine rosa Brille auf oder verschließe ganz einfach die Augen, richte sie nach innen und gebe sich sodann dem Träumen hin, denn wahre Prunkbauten entstehen nur in Zeit- und Traumraum. Ist erst einmal das schönste Himmelblau aufgezogen, setzt sich der größte Palast mit all seinen elfenbeinernen Türmen, Erkern, Pforten, Fenstern, Balustraden, Sälen, Kabinetten, Treppen und Balkonen ganz von selbst und in Windeseile auf eine weiche weiße Wolkeninsel. Der Schall errichtet Mauern, und um entstandene Leerräume zu füllen, empfehlen wir Flüsterton aus Liebesschwüren und den Ton der inneren Stimme, in jedem Fall aber immer nur die höchsten Töne und ja keine anderen. Kleiner Tipp zur Außenraumgestaltung: Aus Worten lassen sich weite Bogen zur Überbrückung der ansonsten trockenen Kummerzeitengräben spannen."

Zum Luftschlossbau verleitet auch ein Visionsinstallateur und Seelenklempner, der hier nicht namentlich erwähnt werden möchte: „Wer der Sonne näher und Feuer und Flamme ist, braucht sich um die Heizung nicht zu sorgen. Man muss sich nur einlassen in Gemach und Ungemach, Gemächt und Geschmeide. Dann wird einem von selber warm." Da kommt Freud auf!

Keine Vorstellung zum Thema „Einrichtung"? Kein Problem! Die alkoholpegelmäßig erscheinende Unzeitschrift

„Traum und Wohnen" weiß es ganz genau: „Für stilechtes Mobiliar lohnt es sich, in den Herzkammern und in den Hinterstübchen des Gehirns nach Trödelkram der Träumerei und glückseligen Erinnerungen zu stöbern. Welche Wunderdinge lauern da, um entdeckt zu werden: Gedankensplitter, die wie Sternenstaub aufgewirbelt sich zu Planeten verdichten. Also nichts wie aus dem Staub machen!"

Und „Traum und Wohnen" weiß noch mehr: Zerrissene Tränenschleier spinne man zu hauchzarten Gardinen, in die man die Zeitfenster kleide, die man nach Lust und Laune beiseiteschiebe, um bis ans Ende der Zukunft zu sehen. Himmlische Gobelins mit Trugbildmotiv sticke man aus jenen seidenen Fäden, an denen das Glück hängt. Feine Traumgarne webe man zu fliegenden Teppichen für eine Nacht, und tausend Lichtblicke erhellen jede Faser. Die Stoffe, aus denen die Träume sind, lassen sich mit dem tiefen Blau des aristokratischen Herzbluts und dem zarten Purpurrot der Morgenfrühe färben, jedoch – Vorsicht! – niemals verwende man das unscheinbare Gold der Mitte.

Was sagen nun die Luftschlossbewohner selbst dazu? Der bereits in den Himmel der Wissenschaften aufgestiegene Professor All-Bert Weinstein, Begründer der Realitätstheorie, wurde in einem gravierenden Windzug in der Krümmung zwischen Raum und Zeit angetroffen, doch er wollte leider nicht Position beziehen. Die Diskussion sei ihm zu blöd, soll er windbockig gesagt haben, er bleibe am Boden der Relativität.

Ein ungewisser Herr Lunatic, ein Gedankenspinner aus Irrland, gab aber gerne Auskunft, er bewohnt schon lange ein Luftschloss und er schwärmt: „In den Fluchten entstehen grenzenlose Gedankenräume. Am besten man lässt alle Türen offen. Wer sich ein- und auslässt, findet in den Gemäuern unendlich Platz für alle Wünsche und Pläne, für Glücksritter, Traumfrauen und Traummänner sowie große und kleine Prinzen und Prinzessinnen mit Gefolge. Und

Hirngespinster? Nur herein damit, ohne Begeisterung geht es nicht."

Auch Prinz Windfried von und zu Dewindbeutelaer kennt die Vorzüge der Prinzenrolle aus langer Erfahrung und weiß, wie schnell die Träume im trockenen Alltag der Schubladisierung wegbröseln können. Er lässt von seinem Sitz Ozonlochness aus verlauten: „Wohl kaum etwas spricht dagegen, sich in der Prinzenrolle zu versuchen. Als Schlossbesitzer kann man völlig gelassen in höheren Sphären schweben, sich an gedeckte Tische setzen, in gemachte Betten legen und sich in Idyllen betten, lebensfroh dem Schwanengesang lauschen, ein Requiem für den Schlosshund schreiben oder im eigenen Gewächshaus Illusionen züchten."

Wer macht sich da noch Gedanken, wie man mit einem Luftschloss vorankommt? Es ist die psychodelisch geprüfte Traumtänzerin Lucy In-the-sky! Sie lüftet aus oberen Sphären ihr Geheimnis: „Man muss sich einfach nur gehen lassen. Am besten kommt man im Müßiggang voran. Luftsprünge sind Durchlaucht durchaus erlaubt, und auch einmal ein Sauseschritt. Worauf denn warten? Der Schlosspark, wo jene bunten Blüten blühen, die die Fantasie hervorbringt und die der Schmerz düngt, lädt ein zum Lustwandeln, genau dort, wo noch nie begangene Abwege über Spielwiesen und Gedankenflüsse führen. Zugegeben, das Lustwandeln braucht ein wenig Übung, doch vergessen Sie nie: Das Leben ist ein Maskenball, und jede Zelle des Körpers schreit vor Glück, denn der Leichtfuß lädt zum Tanze ein. Während der Vogel Glückseligkeit im Neurosengehölz nistet und Luftumtriebe in der Erdatmosphäre sprießen, ist in den himmlischen Gärten Verweilen und Genießen angesagt. Man weiß ja nie, was einem morgen blüht." Bleibt da etwa noch etwas zu wünschen übrig?

Mit Recht wehrt sich Dr. Herold Stern, Staranwalt, Himmelswinkeladvokat und Verteidiger in Glückssachen, gegen das absolut wunschlose Glück. Er stellt sternenklar:

„Die Errichtung von Gebäuden in den öffentlichen Räumen des Himmels erliegt keinen Beschränkungen, da kein räumliches Naheverhältnis existiert. Bei Baubewilligung und allfälligen Änderungen sind die Behörden anzuzeigen. Das Straßenrecht ist zu vernachlässigen, da Luftschlösser nur beflügelt zu erreichen sind." Um den Horizont zu beherrschen, muss man also nur bereit sein, die Vögel nach dem Weg zu fragen und mit den Wolken zu ziehen.

So einfach ist es. Doch aufgepasst! Wer ein Luftschloss baut, kann sich verlieren in seinen Weiten. Ja, mancher verliert nicht nur den Boden unter den Füßen, sondern tatsächlich sich selber. Und wenn jemand völlig verschwindet? Ach, wen kümmert's! Es geht ja um nichts.

„Was tun, wenn's klingelt?"
Eric Parisse

Hasler ist Jurist und stellvertretender Geschäftsführer bei RKB & Partner. Seit dem 1. Jänner sitzt er auf dem Sessel von Herrn Kiesling, dem der Versuch, Frau Stockinger in die Tinte zu reiten, eben diesen Sessel kostete.

Er sitzt, genaugenommen lehnt er behaglich in dem äußerst bequemen Stuhl – seit nunmehr fünfeinhalb Monaten. Der Tisch ist aufgeräumt wie immer, der Benjamin auf dem Fenstersims sprießt und grünt lustvoll wie noch nie, und die Arbeit hält, was sie verspricht. Aber Hasler wäre jedenfalls nicht Hasler, wenn er einfach nur da sitzen würde. Jeder, der ihn in seinem Büro besucht, kann feststellen, dass er zumeist in schwierige Textpassagen vertieft ist. Damit kann er Stunde um Stunde verbringen. Zurzeit hat er das neue Steuergesetz auf dem Bildschirm. Das bösartige Klingeln des Telefons reißt ihn aus dem Steuerdschungel. *Wahrscheinlich eh nicht für mich*, denkt er und liest weiter. Das Telefon klingelt und blinkt beharrlich vor sich hin. Nach dem sechsten Klingeln wird es ihm zu dumm: „Frau Stockinger!", ruft er über den Flur hinweg ins andere Büro.

Frau Stockinger sieht kaum über den Aktenberg auf ihrem Schreibtisch und haut schon den ganzen Morgen wie verrückt in die Tasten. „Ja, bitte?"

„Wissen Sie wer mich will?"

„Nein, Herr Hasler, **das weiß ich nicht!**" Frau Stockinger verdreht genervt die Augen. *Dein verdammtes Telefon klingelt doch, nicht meins!*

„Ist das intern oder extern?"

„Extern!" Frau Stockinger hört es am Klingelzeichen. *Ich glaub's einfach nicht, der Typ müsste das in den letzten sechs Monaten doch gecheckt haben.*

„Wer kann denn das sein?"

Frau Stockinger droht, zu kollabieren. *Wenn er jetzt nicht gleich abnimmt, dreh' ich durch!*

„Woher soll ich das wissen, ich kann nicht hellsehen, Herr Hasler!", ruft sie ätzend zurück.

„Extern, sagen Sie. Na gut, dann nehm' ich jetzt ab." Sagt es und will tatsächlich den Hörer abnehmen. Da verstummt es urplötzlich. Es ist niemand mehr in der Leitung. Stattdessen läutet es jetzt bei Frau Stockinger. Sie nimmt sofort ab.

Marlies vom Empfang meldet sich: „Du, sag mal, ist der Hasler nicht im Büro?"

„Klar, der sitzt drüben auf seinem Platz."

„Wieso nimmt er dann das Telefon nicht ab?"

„Das musst du ihn schon selber fragen, Marlies, ich weiß es beim besten Willen nicht."

Es läutet wieder auf Haslers Schreibtisch.

„Ist das jetzt auch extern?", schreit er wieder über den Flur.

„Nehmen Sie einfach ab, dann wissen Sie's!"

Er nimmt tatsächlich ab.

Marlies meldet sich sichtlich gestresst.

„Hasler?!"

„Frau Dr. Zuppan für Sie in der Leitung ..., und ich wäre Ihnen wirklich dankbar, wenn Sie den Hörer abnehmen würden, wenn es klingelt."

Hasler versucht, sich zu rechtfertigen und erklärt sich in aller Ruhe: „Ja, wissen Sie, ich bin mir nie ganz sicher, ob es extern oder intern ist, wenn's klingelt. Könnten Sie mich gelegentlich mal über den Unterschied aufklären?"

„Einfach abnehmen, dann wissen Sie's!"

So unwahrscheinlich es klingt, Hasler versucht sogar jetzt noch, Marlies auszuquetschen:

„Sie wissen auch nicht zufällig, was Frau Dr. Zuppan von mir will, nehme ich an?"

Grrr ... ich – würg – dich – tot ...

..."Sie wird's Ihnen gleich sagen" Marlies drückt die Übergabetaste und wirft mit einem wütenden *Arschloch!* den Hörer auf die Anlage.

Das Labor der Dimensionen
Gerlinde File

Im Keller eines altmodischen Hauses mit vielen Türmchen, Giebeln und Erkern gab es einmal ein seltsames Labor. Rote, gelbe, grüne, blaue und violette Flüssigkeiten tummelten sich in kunstvoll geblasenen Gefäßen und Röhrchen aus Glas. Es brodelte, zischte und gluckerte allenthalben, und es stank, dass es eine Freude war.

Inmitten all dieser Regsamkeit werkelte ein alter Mann vor sich hin, einer mit langen, grauen Locken, einem ebenso langen, grauen Bart und mit gutmütigen, etwas spitzbübischen Augen, die neugierig das bunte Treiben beobachteten. Der Mann hatte die meiste Zeit seines Lebens in diesem Labor verbracht, munter vor sich hingearbeitet und dabei manch nützliche und manch völlig unbrauchbare Mixtur zuwege gebracht. Er war zwar meistens allein, aber nie einsam gewesen, denn all die Gerätschaften, Säftchen und Pülverchen schienen ihm ihre Geschichten zu erzählen, und der Alte hörte ihnen aufmerksam zu. Er tat, was sie ihm nahelegten; es war eine Freude, zu sehen, wie sie miteinander spielten und tanzten, sich durchdrangen und veränderten, bis sie schließlich wieder zur Ruhe kamen.

Ich möchte aber von einem Tag erzählen, da passierte in diesem Labor etwas ganz Besonderes. Der alte Mann hatte immer davon geträumt, dass er einmal die Rezeptur für ein Elixier finden würde, mit dessen Hilfe er in andere Dimensionen und fremde Welten gelangen könnte; an diesem Tag, das spürte er, würde es ihm gelingen.

Die vertrauten Geräusche ringsumher verdichteten sich zu einer Melodie, die ihm zu Herzen ging, ungewohnt feine Gerüche streiften seine Nase; zuletzt verfing sich ein verirrter Sonnenstrahl in einer Kugel aus Glas, die eine kristallene Flüssigkeit enthielt. Das Licht löste sich auf wunderbare Weise darin auf. Es entstand ein golddurchwirktes Elixier, auf dessen Oberfläche Lichtpunkte tanzten; der alte Mann wusste, dass er sein Ziel erreicht hatte. Er goss die seltsame Flüssigkeit vorsichtig in einen kostbaren Kelch, dann macht er sich fertig für die große Reise.

Ein paar Habseligkeiten, die ihm unentbehrlich schienen, waren schnell gepackt. Er nahm den Kelch, verabschiedete sich liebevoll von seinem kleinen Reich und ging hinaus zu einem nahegelegenen Hügel, von dem aus er sich noch einmal in seiner vertrauten Welt umblickten wollte. Er sah Berge und Wälder, ein paar kleine Dörfer und Kinder, die auf den Straßen spielten. Vor ihm lag das weite Meer, das sich nahtlos im tiefblauen Himmel verlor; die Sonne tauchte alles in strahlendes Licht. Der Anblick war so schön, dass sich der alte Mann gar nicht satt sehen konnte. Er setzte sich hin, und während er sich noch in die Landschaft hineinträumte, schlief er unversehens ein.

Als er erwachte, fröstelte ihn, denn die Sonne war untergegangen, die abertausend Sterne, die am Himmel funkelten, erinnerten ihn an sein Elixier und an sein Vorhaben. Er griff nach dem Kelch zu seiner Rechten – doch er war nicht mehr da. Erschrocken drehte er sich um und entdeckte ein Steinwurf entfernt ein paar zerlumpte und ausgehungerte Gestalten, die gierig aus seinem Becher tranken und alsbald hinter einem glitzernden Vorhang verschwanden.

Mit vom Schlaf steifen Gliedern raffte er sich auf und ging hin, um sich seinen Anteil zu sichern und die große Reise doch noch anzutreten, aber als er die Gruppe erreichte, stand da nur noch ein kleines Mädchen; im Kelch war lediglich ein einziger, kleiner Schluck von dem Elixier übriggeblieben.

Erschrocken wollte das Mädchen den Kelch zurückgeben, denn es spürte, dass hier ein Unrecht geschehen war, doch als der Mann die traurigen Augen der Kleinen bemerkte und ihm bewusst wurde, dass sie in all ihrem Elend allein bleiben würde, da reichte er ihr den Becher zurück. Das Mädchen trank den letzten Schluck.

Er sah noch, wie es strahlte, ehe sich der schimmernde Vorhang hinter ihm schloss und es für immer verschwand.

Der alte Mann stand da, mit Tränen in den Augen, und durch die Tränen sah er die Sterne funkeln. Sie erschienen ihm immer größer und heller, sangen ihm eine sanfte Melodie, nahmen ihn bei der Hand und trugen ihn zuletzt mit sich davon, wer weiß, wohin.

Als am nächsten Tag Leute auf den Hügel kamen, fanden sie ein Bündel mit wertlosem Kram und einen goldenen Becher. Sie nahmen den Becher, füllten ihn mit kristallklarem Wasser, und bald merkten sie, dass jeder, der aus dem Becher trank, auf ganz eigenartige Weise froh wurde.

Vielleicht sollten wir uns auf den Weg machen, um zu sehen, wo der Becher abgeblieben ist!

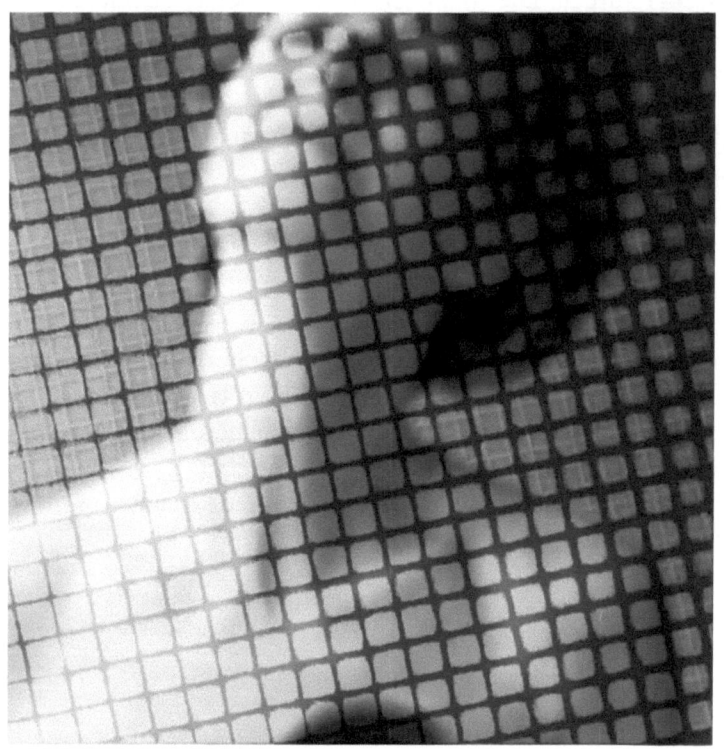

Hortensia in der Krise
Valerie Travaglini

Hortensia wurde in den 60er-Jahren geboren. In den 60ern haben Blumenkinder wiederum Kinder bekommen, denen sie deshalb Blumennamen gaben. Hortensia war mit einer Rosa, einer Camilla, einer Cosima, einer Liane, einer Melissa, einer Jasmin, einer Lilly, einer Violetta und zwei Daisys in der Klasse. Blumennamen für ihre Töchter war ein Ausdruck der Sehnsucht nach einer besseren Welt. Die andere Hälfte der Klasse hieß Gertraud, Edeltraud, Hiltraud, Irmtraud, Rotraud, Waltraud und vielleicht auch Suppenkraut, so genau konnte sie sich nicht mehr erinnern. In jeden Fall konnte man unschwer erraten, wessen Mutter welche Einstellung hatte. Hortensia war immer froh, dass sie nicht zur Kraut-Hälfte gehörte, obwohl ihr der eigene Name auch nicht gefiel. Wie wünschte sie sich damals, Lucy zu heißen! Lucy Albrecht – das hätte was hergemacht! So ging sie als Hortensia Albrecht durchs Leben und hatte nun bereits fünfzig Jahre Zeit gehabt, um sich daran zu gewöhnen.

Derartige Nebensächlichkeiten wie ihr Name belasteten sie angesichts weitaus gravierenderen Probleme schon lange nicht mehr. Zum Beispiel wachte sie in der Nacht schweißgebadet auf, auch tagsüber wurde sie von siedenden Wellen überrollt. Diese Tage las sie in einem Buch von Milan Kundera, dessen Protagonistin offensichtlich ebenfalls unter Hitzewallungen litt, dass ihr das Fegefeuer seine Visitenkarte überreichen würde. Förmlich verfolgt von dieser Gleichung, versuchte sie, ihre Tage zu bewältigen. Sie war launisch geworden. Sie befand sich in Hochstimmung, um bald darauf in eine bodenlose Traurigkeit zu versinken. Sie nahm es persönlich, wenn der Briefträger mit der leeren Ledertasche durch die Stadt schlich und nie einen netten Brief für sie dabei hatte. Sie nahm es sogar persönlich, wenn die Singvögel im Herbst in Richtung Süden davonflogen.

Gott sei Dank war sie der Typ Mensch, der nicht lange fackelte. Ein Problem einmal erkannt, war für Hortensia der erste Schritt, etwas daran zu ändern. Sie ging dabei immer sehr pragmatisch vor. Klar war als Erstes, dass sie sich wieder Ziele stecken musste. Patagonien, die Anden, der Titikakasee, die Transsibirische Eisenbahn, Tibet, die Wüste und sämtliche Eolischen Inseln. Ja! So konnte sie sich mit der Planung der Reisen befassen, anstatt in Selbstmitleid zu versinken. Genügend Urlaub dafür zu bekommen und das nötige Geld aufzutreiben, waren die nächsten Herausforderungen. Auch kämpfte sie mit einer hartnäckigen Akkumulation von Speck, der sich ganz selbstverständlich um ihre Taille schmiegte, von nicht Betroffenen liebevoll als „Hüftgold" bezeichnet. Da sie auf Diäten absolut keine Lust hatte und darauf äußerst unwirsch den Mitmenschen gegenüber reagierte, nahm sie sich vor, stattdessen jeden Tag Sport zu treiben. So schwitzte sie mit dem Fahrrad durch die Gegend und verzichtete auf die ärgsten Kalorienbomben, was aber nicht hieß, dass sie sich niemals was gönnte. Nein! Übertreiben wollte sie es natürlich auch nicht!

Den Tag fing sie mit Joghurt und frischen Früchten an und ließ ihn mit einem Gläschen Rotwein ausklingen. Das hatte was Gemütliches. Hortensia beschloss, sich nur noch Gutes zu tun. Tapfer schluckte sie dreimal täglich bittere Tropfen, die aus dem Wurzelstock der Traubensilberkerze gewonnen wurden, mit der Folge, dass sie tatsächlich nach drei Wochen wieder fast wie ein Murmeltier schlief. Sie träumte sogar wieder. Am Morgen war sie ausgeschlafen, und die Dinge hatten viel von ihrer Bösartigkeit eingebüßt. Sie träumte davon, die Blumenwiese von ihrer Ordnung zu befreien, die Rosen von den Läusen, die Ideen von der Unsicherheit, das Chaos vom Zweifel und die Wolken von ihren Tropfen. Oft träumte sie auch, sie könne fliegen.

Nach einer dieser Nächte, in der sie träumte, fliegen zu können, ging sie am Morgen schnurstracks zu ihrer Bank, holte das Geld vom Sparbuch, räumte das Konto und löste den Bausparvertrag auf.

Dann ging alles überraschend schnell. Sie mietete einen kleinen Laden in Florenz, Ecke Piazza Garibaldi – Via Nazionale, und kaufte Blumen und Pflanzen ein. Ein großes Sortiment an Hortensien, von lila-blassblau bis weiß, profanen Schnittlauch, stolze Rosen, süße Nelken, Salbei für das Gnocchi-Gericht, Rosmarin fürs gebratene Huhn, Löwenmaul und Schwertlilien, Zitronenmelisse und Basilikum fürs Sugo, Schleierkraut und Gerbera, Mimosen und Suppenkraut. Der Laden, den sie „Giardino di Hortensia" nannte, lief hervorragend. Sie hatte viele Stammkundinnen, die, während sie Blumen fürs Herz und Kräuter für die Küche einkauften, mit Hortensia plauderten und den Laden fröhlicher verließen, als sie ihn betreten hatten.

Hortensia wusste plötzlich, warum ihnen ihre Mütter Blumennamen gaben, auch wenn diese im Moment der Namenswahl für ihre Töchter nicht so weit gedacht hatten. Weibliche Intuition.

Betreff: Partnersuche
Gabriele Ulmer

Liebe Brüder Grimm!

Ich habe alle eure Geschichten aufmerksam gelesen. So ist das also: Wenn man einen Märchenprinz heiraten möchte, dann muss man Frösche küssen, nachts neben dem Herd in der Asche liegen und tags Linsen lesen, sieben Zwergen den Haushalt machen, in vergiftete Äpfel beißen, Stroh zu Gold spinnen, auf dem Markt irdenes Geschirr feilhalten oder sein bezopftes Haar an einem Turm herunterlassen.

Und wer eine Königstochter zur Frau möchte, muss erst das Fürchten lernen, durch dornige Rosenhecken dringen und hundertjährige Schönheiten wachküssen, unlösbare Rätsel lösen, gegen Riesen, Wildschweine und Einhörner zum Kampf antreten, seine besten Jahre verwunschen als Bär zubringen, über sieben Berge reiten oder sieben auf einen Streich erschlagen.

Ach Jakob, ach Wilhelm, erzählt uns doch keine Märchen! So einfach ist es ja nun wirklich nicht.

Herzlichst, eine Leserin

Betriebsausflug mit Spätfolgen
Valerie Travaglini

Oskar K. sah Hortensia A. zum ersten Mal, als sie einen Blumenladen an der Ecke Garibaldi – Via Nazionale in Florenz betrat. Zu behaupten, Oskar K. wäre von den großen Rhododendron-Büschen so beeindruckt, die die Tür des Ladens flankierten, würde nicht ganz der Wahrheit entsprechen, obwohl er sich aufgrund seines Biologie-Studiums auch für Pflanzen interessierte. Vielmehr bezauberte ihn Hortensia A., wie sie mit der linken Hand über den Rhododendron-Busch streifte, eine verwelkte Blüte wie nebenbei herauszupfte, ihre roten Locken zurückwarf und gleichzeitig zu kontrollieren schien, ob die kleinen Schäfchenwolken über der Stadt harmlos oder bedrohlich waren.

Von besagtem Morgen an hielt sich Oskar K. nur noch in dieser Gegend auf. Er streunte durch die Gassen, hoffend, dass ihm niemand zusah, und zermarterte sich das Gehirn, wie er es anstellen könnte, diese Frau kennenzulernen. Erwähnenswert ist, dass Oskar K. nicht viel Erfahrung in der Eroberung von Frauen hatte, da er beruflich mehr mit Tieren zu tun hatte. Wie durch eine schicksalhafte Fügung fiel sein Blick im Schaufenster einer Buchhandlung auf einen Ratgeber mit dem Titel:

„Wie erobert MANN das zarte Geschlecht?"

Obwohl er den Titel aufs Äußerste verabscheute, da er vordergründig ja die Frau erobern wollte und nicht deren Geschlecht und außerdem würde er sich selbst als zarter bezeichnen als sie, zumindest was die optische Erscheinung betraf. Er fand die nicht sehr differenzierte Ausdrucksweise in der deutschen Sprache unmöglich. Wie oft musste man vom „Kampf der Geschlechter" lesen, oft in durchaus seriösen Zeitungen. Trotzdem erstand er das Buch, obwohl es ihm der Verkäuferin gegenüber peinlich war und er heftig errötete, als diese interessiert den Titel des Buches las und einen belustigten Blick auf ihn warf. Sie wünschte ihm sogar Glück, als er das Geschäft verließ!

Um keine Zeit zu verlieren, setzte er sich sogleich in ein Straßencafé, um sich der Lektüre des Buches, gut getarnt in der unauffälligen Zeitung „La Repubblica", zu widmen.

Der erste Tipp des Buches befasste sich interessanterweise mit dem Aussehen. Gepflegt solle Mann sein, dazu gehöre selbstverständlich, dass man entweder gut rasiert oder sich aber bewusst dafür entschiede, einen Drei-Tagesbart zu tragen, der einem einen verruchten Touch gäbe, je nach dem, was für einen Typ von Frau man erobern wolle. Hier käme die Psychologie zum Tragen und ein Verweis auf ein Buch dazu, das man dazu lesen solle, wurde ebenfalls angeboten. Der Duft eines geheimnisvollen Aftershaves dürfe aber in keinem Fall fehlen.

Oskar K. rief sich sein Aussehen von heute Morgen im Spiegel in Erinnerung und dachte, dass sein Drei-Tages-Bart optimal war, da er die Frau im Blumenladen als relativ unkonventionell einschätzte. Wahrscheinlich musste er seine Frisur überdenken. Die Kleidung wurde auch behandelt, wobei hier ebenfalls darauf zu achten wäre, dass der Stil nach dem Typ auszurichten wäre, den man verkörpern wolle, um wiederum dem Typ der Frau entgegenzukommen. Es mache einen Unterschied, ob man eine Künstlerin oder eine Bankkauffrau erobern wolle. Um dies mit Beispielen zu verdeutlichen, wurde zur Beeindruckung einer Künstlerin eine rohweiße Leinenhose empfohlen, ebenfalls aus Leinen ein Hemd, das keinesfalls in die Hose gesteckt werden dürfe. Hingegen für die Bankkauffrau dürfe es ruhig ein Anzug sein, aber es solle nicht mit Krawatte oder Ähnlichem übertrieben werden. Auch eine Marken-Jeans mit dezenter Waschung könne mit weißem Hemd und Sakko durchaus beeindruckend wirken.

Oskar K. überflog in Gedanken seine Garderobe, die nicht sehr reichhaltig war. Die Blumenfrau fiel bei ihm eindeutig in die Kategorie „Künstlerin", obwohl sie ein Geschäft führte. Das nächste Kapitel befasste sich mit Statussymbolen wie Autos, Uhren, Handys und dergleichen. Auch hier wären Künstlerinnen anders zu beeindrucken als Bürodamen. Für die Kategorie „Künstlerin", für welche Oskar K. sich ausschließlich interessierte, wurde, um es kurz zusammenzufassen, keinesfalls ein Mercedes oder BMW empfohlen. Hingegen verfehle cooles Vorfahren mit einem lässigen Bike, einem Fiat 500 oder das Organisieren der Mobilität mit dem öffentlichen Verkehr mit Sicherheit nicht seine Wirkung. Das Herz schlug Oskar K. höher, da er tatsächlich kein Auto besaß! Die Blumenfrau war also in allen Bereichen wie für ihn geschaffen.

Mit hitzigen Wangen las er weiter und den Hinweis, dass man keine Rolex oder Ähnliches tragen solle, da dies eine Künstlerin dazu veranlassen würde, zu denken, er sei ein dem Kommerz verfallener, oberflächlicher Typ, der mit Statussymbolen brillieren wolle, studierte er mit steigender Genugtuung. Hingegen keine Uhr zu haben, würde die Künstlerin glauben lassen, er sei unkonventionell und würde sich nicht von der Uhr treiben, sondern sich vom momentanen Befinden leiten lassen. Wie das mit den Abfahrtszeiten des Busses, die man einhalten musste, zu vereinbaren war, leuchtete Oskar K. nicht ein. Wie auch immer, seine Uhr, die er tatsächlich schon seit seiner Firmung besaß, konnte er zur Sicherheit in die Hosentasche stecken. Die Tatsache, dass er noch ein Handy mit Tasten besaß, machte die Sache eindeutig sicher. Auch das würde in ihren Augen die Überzeugung wecken, dass er nicht dem Diktat des „heutzutage-muss-man haben" unterworfen war. Er war ein Typ, der sich frei entschied, was er brauchte und was nicht. Er wollte schon in der Gewissheit aufhören zu lesen, dass er sich so präsentieren könnte, wie er wäre, als sich sein Blick auf den Titel des nächsten Kapitels heftete:

„Das geistreiche Gespräch"

Er kam nicht umhin, weiter zu lesen, da es natürlich wichtig war, was unter „geistreich" zu verstehen war. Das

Kapitel begann einleitend damit, dass die Einschätzung des geistigen Niveaus der zu erobernden Frau unumgänglich wäre. Offensichtlich begannen hier die Schwierigkeiten. Oskar K. runzelte die Stirn. Wie sollte er das geistige Niveau einer Frau kennen, ohne auch nur einmal mit ihr gesprochen zu haben? Wie konnte er wissen, was sie interessierte? Blumen sicher, da sie den Umgang mit Blumen ja zu ihrem Beruf gemacht hatte! Aber andererseits: Gibt es nicht auch Menschen, die ihren Beruf nur, um Geld zu verdienen, ausübten, ohne dass er ihnen Spaß machte? Woher wusste er, ob es ihr Traumberuf war oder ob sie den Beruf allein mangels anderer Möglichkeiten gewählt hatte? Was, wenn er mit Blumengesprächen daherkam und sie genervt darüber war, auch noch im Privatleben über Blumen reden zu müssen? Wenn sie sich in Wirklichkeit für Mode oder Mikrobiologie interessierte oder gar für Physik? Wie konnte man so etwas wissen? Was wäre, wenn er sein Interesse an der Lebensweise von Faultieren schildern würde …, wie konnte er wissen, ob sie ihn nicht für verrückt erklären würde?

Oskar K. liebte seinen Beruf als Zoologe, am meisten faszinierte ihn das Faultier. Er untersuchte aktuell in einem Forscherteam ihr Verhalten. Diese ruhten durchschnittlich zwanzig Stunden am Tag und lebten in vorwiegend an den Beinen hängender Haltung. Wenn sie einmal wach waren, bewegten sie sich etwa in einer Geschwindigkeit von 400 Meter die Stunde am Ast des Baumes entlang. Sein Team hatte kürzlich herausgefunden, wenn man einem Faultier auf freier Wildbahn begegnete, bräuchte man es nur anzustupsen, um es zu wecken. Verschlafen schaute es sich dann in alle erdenklichen Richtungen um, allerdings nicht in die, aus der der Stoß kam. Faultiere überlebten, weil sie so langsam waren, dass sie gar nicht von potenziellen Feinden wahrgenommen wurden. Sie lebten ein friedliches Vegetarierleben – mit einem stets gutmütigen Lächeln auf den Lippen.

Oskar K. musste in Gedanken daran lächeln, doch bald kam ihm wieder der Ernst seiner Lage in den Sinn. Er versuchte, sich in eine Frau hineinzuversetzen. Was würde eine Frau denken, der ein Mann von seiner Leidenschaft für Faultiere berichtete? Würde sie glauben, sein Interesse wäre deshalb so groß, weil er im Grunde auch gerne so faul wäre? Würde sie es so interpretieren, dass er der Schnelllebigkeit der heutigen Zeit nicht gewachsen war? Galt das Interesse an Faultieren als unmännlich? Verzweifelt blätterte er im Ratgeber weiter, ob irgendwo ein Hinweis auftauchte, was als unmännlich galt. Außer dem strickten Verbot seitens der Autorin, mit den Socken an den Füßen ins Bett zu gehen und die Unterhosen über den Bauchnabel hinaufzuziehen, war da nichts zu finden. Zum Kuckuck, was war das für ein Ratgeber!

Enttäuscht und deutlich weniger enthusiastisch, blätterte er das Buch schnell durch und stieß am Ende noch auf einen Hinweis, der ihn entsetzte: „Versuchen Sie, genau der Typ zu sein, von dem Sie glauben, dem Typ der Frau zu entsprechen." Was aber, wenn sich dann hinterher herausstellte, dass man in Wirklichkeit doch nicht dem entsprach und nie entsprechen würde? Weil das wahre ICH sich für Faultiere interessierte und tatsächlich mit Socken ins Bett ging? Oskar K. versenkte ärgerlich das Buch in seinem Rucksack, bezahlte und machte sich auf, um noch rechtzeitig zur Verabredung mit seinen Arbeitskollegen ans andere Ende der Stadt zu gelangen. Sie veranstalteten jährlich einen Betriebsausflug, und dieses Jahr ging es der Kultur wegen nach Florenz.

Das Schicksal wollte es so: Er entdeckte die wunderschöne Blumenfrau an der Ecke Garibaldi-Via Nazionale – wahrscheinlich die Liebe seines Lebens. Während des Abendessens mit seinen Kollegen war er nicht bei der Sache, nicht einmal, als sie auf sein Lieblingsthema zu sprechen kamen. Beharrlich schweiften seine Gedanken ab, und er legte sich in Gedanken zurecht, wie er es morgen früh anstellen würde, mit seiner Blumenfrau ins Gespräch zu kommen. Er würde sie abschließend zum Essen einladen, das war unverfänglich, aber doch eindeutig. Das war mutig, aber doch zurückhaltend. Essen war harmlos.

Oskar K. lieh sich ein Fahrrad aus, das seiner Meinung nach das Coolste war. Es war feuerrot. Rot symbolisierte ja auch etwas! Oskar K. fühlte sich grandios, dass er sogar die Farbe des Fahrrades bedacht hatte.

In seiner hellen Jeans, die so ausgewaschen war, dass sie von Weitem als Leinenhose durchgehen konnte, fuhr er zu der Zeit vor, von der er wusste, dass sie kommen würde, um das Geschäft aufzusperren. Er war etwas zu früh und wartete ungeduldig auf ihr Auftauchen, sich immer wieder die Sätze zurechtlegend, um im Endeffekt gar nicht mehr zu wissen, wie er anfangen sollte.

Da kam sie! In vertrauter Geste strich sie über den Rhododendron-Busch und warf einen prüfenden Blick gen Himmel.

Oskar K. nahm all seinen Mut zusammen und trat auf sie zu. Alle vorher sorgfältig vorbereiteten Sätze überschlugen sich im Kopf. „Sperren Sie schon auf?", brachte er banal hervor, um irgendetwas zu äußern.

„Warum? Warten Sie schon lange?"

„Ja! Ein Leben lang!", antwortete sein Mund, und Oskar K. erschrak über seine Worte und wusste, dass sie ihn ein Leben lang verfolgen würden.

„Schon wieder so ein Psycho, der denkt, Frauen würden auf so einen Unsinn abfahren!", ächzte die Frau genervt und verdrehte ihre kugelrunden grünen Augen.

Oskar K.'s Herz raste in der Gewissheit, alles versaut zu haben, als sie der Tür mit dem Bein einen Stoß versetzte.

Das altmodische Glöckchen über der Tür bimmelte verstört, als sie das Geschäft betrat und Oskar K. über die Straße ging, obwohl die Ampel rot anzeigte.

Die Umkehrsprache
Horst Stefan Jochum

Herr Gmeiner ist auf der Suche nach neuen sprachlichen Ausdrucksformen, um deren Anwendbarkeit im täglichen Leben und einzig und ausschließlich für diesen Geltungsbereich im Selbstversuch zu überprüfen, wobei die jeweiligen Rahmenbedingungen mit der jeweiligen Ausdrucksform eine äußere und innere Einheit bilden müssen, um eine Divergenz zwischen Versuchsbedingung und -durchführung zu vermeiden, um a. eine gewisse Reproduzierbarkeit zu gewährleisten und um b. die Auftretenswahrscheinlichkeit von subjektiven Fehlern auf ein Mindestmaß zu reduzieren.

Nachdem Herr Gmeiner bereits Die I-Rede, die L-Rede, das Lispeln, das Rückwärtssprechen, das Stottern, das Fremdwörteraneinanderreihen, das Infinitiv-, Konjunktiv-, Superlativ-Reden, das intonierte Reden, das Nuscheln, das Faseln, das Übertreiben, das Lügen, das Singen, das Summen, das Schreien, das Bauchreden, das Flüstern und Wispern, das affektierte Reden, das Lispeln, das Brummeln, das Buchstabenweglassen, das Buchstabenhinzufügen, das Buchstabenvertauschen, das Reden unter Wasser, das Reimen und Rappen angewendet hat, fällt ihm keine sprachliche Ausdrucksform mehr ein, die im Hinblick auf ihre Anwendbarkeit im täglichen Leben sowie einzig und ausschließlich für diesen Geltungsbereich sinnvoll zu überprüfen wäre.

Herr Gmeiner schließt sich tagelang in seiner Wohnung ein und geht schweigend auf und ab. Plötzlich hat er die Vermutung, dass das Schweigen selbst eine neue sprachliche Ausdrucksform sein könnte.

Denn nicht zu reden, so befindet er, ist nicht das Gegenteil des Redens, sondern dessen Grenzform. Denn Reden besteht aus den Pausen, und diese Pausen bestehen aus Schweigen. Und wenn Reden aus Reden und Schweigen besteht, so kann man das gänzliche Schweigen als Spielart des Redens verstehen.

Herr Gmeiner ist sich bewusst, dass er nicht der Erste sein dürfte, der zu einer derartigen Schlussfolgerung gelangt, aber es geht ihm einmal mehr nicht um das Aufstellen von Hypothesen, sondern es geht ihm darum, neue sprachliche Ausdrucksformen auf deren Anwendbarkeit im täglichen Leben und einzig und ausschließlich für diesen Geltungsbereich im Selbstversuch zu überprüfen, wobei die jeweiligen Rahmenbedingungen mit der jeweiligen Ausdrucksform eine äußere und innere Einheit bilden müssen, um eine Divergenz zwischen Versuchsbedingung und -durchführung zu vermeiden, um a. eine gewisse Reproduzierbarkeit zu gewährleisten und um b. die Auftretenswahrscheinlichkeit von subjektiven Fehlern auf ein Mindestmaß zu reduzieren.

Herr Gmeiner ist stolz auf seine neue sprachliche Ausdruckform; so geht er schweigend durch die Straßen seiner Stadt in den Park, wo er sich schweigend auf eine Bank setzt und ein Mädchen und einen Jungen beim Spielen beobachtet und deren Gespräch belauscht.

„Du bist ein sanfter Junge", sagt der Junge zu dem Mädchen.

„Und du bist eine kluge Frau", antwortet das Mädchen.

Daraufhin zieht der Junge das Mädchen an den Zöpfen.

„Wenn du so etwas nicht mehr denkst, gebe ich dir einen Kuss."

Das Mädchen tritt dem Jungen gegen das Schienbein, läuft davon und ruft: „Wenn niemand so klug wäre wie ich, würde der ganze Himmel aus Federn bestehen."

Bevor Herr Gmeiner über die innere Logik des Dialogs nachdenken kann, setzt sich das Mädchen neben ihn auf die Bank und sagt: „Sie sind eine junge Frau."

Da Herr Gmeiner nicht antwortet, fügt das Mädchen hinzu: „Und Sie stehen auf einem Stuhl und reden."

Da Herr Gmeiner auch diesmal nicht antwortet, sagt das Mädchen:

„Schweigen ist Gold, Reden ist Silber."

Und da Herr Gmeiner noch immer schweigt, schreit das Mädchen in Herrn Gmeiners Ohr: „Schweigen ist Gold, Reden ist Silber."

Da reicht es Herrn Gmeiner. Er belehrt das Mädchen: „Das heißt: ‚Reden ist Silber, Schweigen ist Gold!'"

Da das Mädchen so tut, als hätte es nicht gehört, dass Herr Gmeiner gesprochen hat, wiederholt Herr Gmeiner:

„Das heißt: ‚Reden ist Silber, Schweigen ist Gold."

„Nicht, wenn man die Umkehrsprache spricht", antwortet das Mädchen.

„Umkehrsprache?", fragt Herr Gmeiner.

„Die Umkehrsprache ist die Geheimsprache der Kinder", das Mädchen streckt Herrn Gmeiner die Zunge raus und rennt davon.

Herr Gmeiner begreift und denkt über die Umkehrsprache nach.

Aus „Die Letzten beißen die Hunde" wird „Die Ersten Streicheln die Katzen". Aus „Alles Gute kommt von oben" wird „Alles Schlechte verschwindet nach unten". Aus „Alte Liebe rostet nicht" wird „Junger Hass glänzt". Aus „Mit Speck fängt man Mäuse" wird „Mit Brot lässt man Katzen laufen". Aus „Rom wurde nicht an einem Tag gebaut" wird „Niederbrombach wurde in einer Nacht zerstört".

Aus „Auf einem Bein kann man nicht stehen" wird „Auf zwei Armen kann man sitzen". Aus „Besser den Spatz in der Hand, als die Taube auf dem Dach" wird „Besser die Taube am Fuß, als den Spatz im Keller". Aus „Der Fisch stinkt vom Kopf" wird „Der Vogel duftet vom Fuß". Aus „Glaube versetzt Berge" wird „Wissen lässt die Täler dort, wo sie sind". Aus „Jeder Topf findet seinen Deckel" wird „Keine Pfanne sucht ihren Boden". Aus „Stille Wasser sind tief" wird „Laute Steine sind hoch". Aus „Unkraut vergeht nicht" wird „Kraut verkommt". Aus „Wenn der Kuchen spricht, schweigen die Krümel" wird „Wenn der Kaffee schweigt, reden die Bohnen". Aus „Abendrot hat Gold im Mund" wird „Morgenblässe hat Kot im Hintern". Aus „Im Wein liegt Wahrheit" wird „Im Wasser steht Lüge". Aus „Wer zu spät kommt, den bestraft das Leben" wird „Wer zu früh geht, den belohnt der Tod".

Und aus „Reden ist Silber, Schweigen ist Gold" wird „Schweigen ist Gold. Reden ist Silber". Und wenn Herr Gmeiner die Halbsätze herumdreht, was umkehrsprachlich nur allzu konsequent wäre, so wird „Reden ist Silber, Schweigen ist Gold" am Ende zu „Reden ist Silber, Schweigen ist Gold".

Herr Gmeiner ist verblüfft. Und Herr Gmeiner beschließt, zu überprüfen, ob und unter welchen Voraussetzungen die Umkehrsprache, die ja die Geheimsprache der Kinder ist, sich als Erwachsenensprache eignen könnte. Ob die Evidenz von normalsprachlichen Aussagen anhand ihrer umkehrsprachlichen Bedeutung überprüft werden könnte oder nicht, ist ihm dabei nicht das Anliegen, sondern es geht Herrn Gmeiner einmal mehr und gerade in diesem Fall darum, diese neue sprachliche Ausdrucksform auf deren Anwendbarkeit im täglichen Leben, und einzig und ausschließlich für diesen Geltungsbereich, im Selbstversuch zu überprüfen, wobei die Rahmenbedingungen mit der Ausdrucksform eine äußere und innere Einheit bilden müssen, um eine Divergenz zwischen Versuchsbedingung und -durchführung zu vermeiden, um a. eine gewisse Reproduzierbarkeit zu gewährleisten und um b. die Auftretenswahrscheinlichkeit von subjektiven Fehlern auf ein Mindestmaß zu reduzieren.

Fraglich bleibt zunächst, ob die Umkehrsprache, die ja die Geheimsprache der Kinder ist, auf ihre Anwendbarkeit als Sprache der Erwachsenen oder auf ihre Anwendbarkeit als Geheimsprache der Erwachsenen überprüft werden soll. Herr Gmeiner ist sich nicht schlüssig, und es ist bereits dunkel, als er sich von der Parkbank erhebt. Aber er ist sich vollkommen sicher, diese entscheidende Frage schon sehr bald beantworten zu können.

Zu hoch gepokert
Valerie Travaglini

Reifen quietschten. Schreie. Tumult. Oh Gott – was war denn da draußen los?! Hortensia stürzte zur Tür hinaus und sah ihn liegen. Jenen Mann, der zuvor bei ihr Blumen kaufen wollte und schon seit geraumer Zeit vor dem Geschäft gewartet zu haben schien. Jener Mann, der zu ihr gesagt hatte, er habe schon ein Leben lang auf sie gewartet.

Er lag regungslos auf der Straße. Kein Blut, aber regungslos. War es etwa ihre Schuld? Sie reagierte oft in Situationen nicht angemessen, das war ihr bewusst. Sie neigte dazu, über zu reagieren. DNA-Defekt. Aber der Senf, dass einer schon ein Leben lang auf sie gewartet hätte, klang ihr noch heute in ihren Ohren. Auch Harald hatte ihn gehaucht, und Hortensia war der Romantik des Augenblicks erlegen gewesen. Sie hatte es geglaubt, weil sie es glauben wollte, wider jegliche Vernunft. Vielleicht hatte er es sogar ehrlich gemeint in diesem Moment. Heute versuchte sie, es nicht mehr persönlich zu nehmen, seine Sucht hatte eben gesiegt. Das war alles. Es lag nicht an ihr. Sie hatte in Wirklichkeit nie eine reelle Chance gehabt.

Sein ganzes Denken und Wollen war davon beherrscht, das Geld wieder zurück zu gewinnen, welches er am Vorabend verloren hatte. Und noch viel mehr! Dann würden sie eine Reise nach Kuba machen, das habe sie doch schon immer gewollt, oder? So versuchte er, sie milde zu stimmen. Er sprach auch davon, er wolle ihnen ein Häuschen kaufen am Meer. Er sprach von allen möglichen Dingen materieller Natur. Dinge für Hortensia kaufen zu wollen, waren seine Rechtfertigung, sein Lebenszweck. Er bemerkte nicht, dass Hortensia sich für nichts dergleichen interessierte. Dass sie nichts dergleichen wollte.

Wenn er, wie immer ohne den ersehnten Gewinn nach Hause kam, war er betrunken. Er war so enttäuscht und wütend, dass er sich fast bis zur Bewusstlosigkeit betäubte. Sie hatte ihm jeden Tag gesagt, sie würde ihn verlassen. Wenn er nicht aufhören würde, würde sie ihn verlassen, wenn er sich nicht zu einer Therapie anmelden würde, wären ihre Tage zusammen gezählt, sie könne so nicht mehr leben. Sie hatte Mitleid mit ihm, jedes Mal, wenn er sie mit seinen treuen Hundeaugen anblickte, sie anflehte, ihr versprach, sich bessern zu wollen, er liebe sie ja so, er könne ohne sie nicht leben. Seine stummen Schreie nach Zuneigung hörte sie mit ihrem Herzen. Aber irgendwann waren sie am Ende. Sie konnte nicht mehr.

Sie sah auf den Mann auf der Straße. Wie konnte er, ein wildfremder Mann, ihr sagen, er hätte schon ein Leben lang auf sie gewartet? Er kannte sie doch nicht einmal? Wie kam er dazu, etwas Derartiges zu äußern?

Hortensia war bestürzt und starrte auf die Menschenansammlung, die sich um ihn herum gebildet hatte.

Die Autofahrerin, eine junge Frau, war bleich im Gesicht, und auf ihrer Stirn standen Schweißperlen. Ihre Knie zitterten so, dass sie sich an ihrem Wagen festhalten musste. Sie starrte stumm und fassungslos auf den Mann. Sie war sichtlich unter Schock.

Hortensia fühlte einen heftigen Impuls, zu ihr zu eilen und sie in den Arm zu nehmen. Um sie kümmerte sich niemand. Die *Ambulanza* traf mit Blaulicht ein und bahnte sich hupend einen Weg durch das Chaos.

Hortensia beobachtete, wie sie ihn erstversorgten und auf eine Bahre betteten. Sie dachte an Harald und fühlte sich schuldig. Warum nur? Warum nur fühlte sie sich ständig schuldig? An Harald, an diesem Unbekannten, am Hunger auf der Welt, am Klimawandel, am Aussterben der Wale, an triefenden Kindernasen, an Krieg und Rassismus. Mit alldem hatte sie nichts, aber auch gar nichts zu schaffen.

Und doch! Das Gefühl stellte sich immer ein wie das Amen im Gebet. Würde sie zu wenig laut Stellung beziehen?

Der Mann wurde in das Rettungsauto geschoben, welches mit quietschenden Reifen und viel zu hoher Geschwindigkeit davon brauste. Um die junge Frau kümmerte sich die inzwischen eingetroffene Polizei. Sie war immer noch stumm. Sie schien kurz davor zu sein, ohnmächtig zu werden. *Die Arme*, dachte Hortensia, *die Arme!*

Unschlüssig stand Hortensia da, unfähig, einen Gedanken zu fassen oder ins Geschäft zurückzukehren und ihre Arbeit aufzunehmen. Unwirklich wie im Traum sah sie, wie zwei ihr gut bekannte, ältere Damen, le Signore Pirelli und Valtenazza, ihr Geschäft betraten. Sie kamen jeden Tag und kauften frisches Basilikum, frischen Salbei und manchmal auch Blumen. Es gehörte zu ihrer täglichen Routine. Dann schwatzen sie mit ihr, erzählten ihr den neuesten Klatsch über alle möglichen und unmöglichen Leute, die Hortensia nicht kannte. Aber das machte nichts. Sie mochte die beiden.

Hortensia riss sich zusammen und kehrte ebenfalls ins Geschäft zurück.

„Haben Sie gesehen!?", ereiferte sich la Signora Valtenazza in einer Lautstärke, die Hortensia überraschte. „Eben war ein Unfall vor Ihrer Tür!"

„Ein Mann wurde von einem Auto angefahren!", fiel ihr la Signora Pirelli ins Wort. „Die Zeugen sagten aus, dass er bei Rot über die Straße gegangen sei. Heute hält sich einfach niemand mehr an die Verkehrsregeln, nicht einmal mehr die Fußgänger. Was für eine Welt!"

Hortensia hörte sie reden wie durch Watte. Die Töne drangen schallgedämpft an ihr Ohr, deren Sinn sie aber nicht wahrzunehmen vermochte. Die Klatschmäuler der Damen bewegten sich wie bei Fischen auf und zu. Männer in ihrem Umkreis neigten offensichtlich dazu, zu hoch zu pokern, dachte Hortensia, während sie den Staub von einem Blatt des Gummibaumes strich.

Preiswert oder exklusiv?
Sylvia Deutschmann

Ali war schon lange im Geschäft, aber nach einem Gespräch von Mann zu Mann hatte er sofort das Erscheinungsbild von seinem kleinen „Lädile" – wie er es selbst nannte – geändert. Die Konkurrenz war hart, und er wollte unbedingt seine Stammkunden behalten. Deshalb zierte nun ein neues Schild den Eingangsbereich des unscheinbaren Hauses. Vielen seiner treuen Kunden war diese Erneuerung bis jetzt noch gar nicht aufgefallen. Die Veränderung im Inneren war augenscheinlicher, denn auf der Theke lagen jetzt vier Schilder. Auf den blauen Schildern standen „Gespräch" und „Ruhe". Die Begriffe „preiswert" und „exklusiv" prangten auf roten Schildern. Mira, seine Frau, hatte nach kurzem Zögern den Veränderungen zugestimmt. „Im Prinzip bleibt alles, wie es ist", hatte Ali sie beruhigt, „doch mithilfe dieser Schilder können die Wünsche unserer Kunden noch besser erfüllt werden. Seine Mira, die Perle im „Lädile", war eine sportliche Mittvierzigerin mit einer tollen Figur, die sie durch vorteilhafte Kleidung zur Geltung brachte. Ihre dunklen, halblangen Haare umrahmten das hübsche, dezent geschminkte Gesicht, und eine kleine knallrote Haarsträhne verlieh ihr einen jugendlichen Pep.

Sie verstand es wie keine andere, mit ihrer einfühlsamen Art auf die Wünsche der Kunden einzugehen. Und doch fehlte es ihr auch nicht an der Selbstsicherheit, wenn sie ihre Kunden ermunterte, einmal etwas Neues zu wagen. Für Ali war es das Größte, wenn seine Kunden bei ihm mit einem Lächeln bezahlten, sich mit einem „Bis zum nächsten Mal, Ali!" verabschiedeten und dabei zufrieden in den Spiegel hinter der Theke blickten.

Hans-Dieter, ein fürsorglicher Familienvater, verbrachte seinen Urlaub mit seiner Frau und den beiden Töchtern in Vorarlberg. Es war August und gerade die Zeit einer längeren Hitzewelle. So hatte die Familie sonnige, aber sehr heiße Urlaubstage hinter sich. Trotz der Hitze wurde das ganze Ländle abgefahren, vieles angesehen und natürlich fotografiert. Heute wollte er noch mit seiner Familie die im Reiseführer vielfach angepriesene Stadt Feldkirch besichtigen, bevor es am nächsten Tag wieder zurück in den Norden Deutschlands gehen sollte. Hans-Dieter war bereits für die Stadtbesichtigung gerüstet. Er trug eine nicht zu kurze, graue Bermudahose und ein oranges T-Shirt. Das lilafarbene, etwas zu jugendliche Sonnenkäppchen passte nicht so recht dazu, aber seine Vollglatze musste vor einem Sonnenbrand geschützt werden. Der Fotoapparat, seine Geldtasche und das Handy waren in einer kleinen Bauchtasche verstaut. Doch seine drei Frauen wollten an diesem Tag, an dem bereits morgens die zu erwartende Hitze zu spüren war, nichts von einer Stadtbesichtigung wissen. Sie gingen stattdessen ins Schwimmbad, und Hans-Dieter sollte später nachkommen. Am liebsten hätte der seine Familie nur noch abgeholt, denn er selbst hielt nicht viel von Schwimmbadbesuchen.

Nun wollte Hans-Dieter die Gelegenheit nutzen, um in Ruhe dieses mittelalterliche Städtchen zu besichtigen. Bereits zur Mittagszeit hatte er alle wichtigen Sehenswürdigkeiten besichtigt, und jetzt wollte er noch das Schattenburgmuseum besuchen, um der Mittagshitze zu entfliehen. Doch leider war an diesem Tag Ruhetag. So lief der deutsche Tourist wieder in die Stadt hinunter. Sogar in der schattigen Stadt war die Hitze unangenehm drückend. Hans-Dieter spazierte durch die engen Gassen und spürte, wie er schwitzte. Von den hohen Temperaturen genervt, achtete er kaum auf die liebevoll dekorierten Schaufenster. Hoppla! Jetzt wäre Hans-Dieter sogar beinahe über eine Treppenstufe gestolpert, die etwas in den Gehsteig ragte. Er blieb auf der untersten Stufe stehen, um sich den Schweiß von der Stirn zu wischen. Da stach ihm das Schild an der Tür ins Auge. „Verschönerungsverein, nun auch mittags geöffnet" stand darauf. Das freute Hans-Dieter sehr. Einerseits weckte der Titel dieses Vereines seine Neugier, andererseits konnte er so doch noch der Mittagssonne entfliehen. Außerdem hoffte er, bei einem Besuch im Verschönerungsverein noch mehr über diese liebliche Stadt zu erfahren. Schon etwas müde, ging er die restlichen drei Stufen hinauf und drückte auf die goldene Klinke. Ein angenehmes Bimmeln ertönte.

Als Hans-Dieter eintrat, stand er vor einem braunen Tresen. Dahinter lehnte Ali, grüßte freundlich und fragte: „Was darf es denn für Sie sein?" Stolz zeigte er dabei auf seine handgefertigten Schilder.

Hans-Dieter wunderte sich, dass er sich zwischen „Gespräch" und „Ruhe" entscheiden sollte, denn normalerweise stand bei einem Verein die Geselligkeit im Vordergrund. Deshalb entschied er sich schließlich auch für „Gespräch". In diesem Augenblick trat Mira hinter einem Paravent, der auf der linken Seite aufgestellt war und die Sicht auf den dahinterliegenden Raum versperrte, hervor. Sie trug eine schwarze Hose, ein enganliegendes weißes T-Shirt und einen eigenartigen Gürtel mit einer riesigen Handytasche dran. Mira blickte Hans-Dieter mit ihren dunklen Augen an, lächelte und fragte: „Darf ich Ihnen etwas zum Trinken anbieten?"

Hans-Dieter war von ihrer Erscheinung angetan. Verlegen nahm er seine Kappe herunter, wischte sich mit einem Taschentuch über die verschwitzte Glatze und bestellte ein alkoholfreies Bier.

„Das haben wir nicht", mischte sich Ali mürrisch in das Gespräch ein.

„Ich kann Ihnen aber ein Glas Wasser oder einen Kaffee anbieten", versuchte Mira, die Situation zu retten.

„Bei dieser Hitze hätte ich gerne ein Glas Wasser", meinte Hans-Dieter und lächelte unsicher.

Mira verschwand hinter dem Paravent.

Hans-Dieter wandte sich wieder Ali zu.

Der verräumte gerade missmutig das „Exklusiv"-Schild. Hans-Dieter ärgerte sich darüber, dass ihm gleich der Stempel „preiswert" aufgedrückt wurde, denn gerade im Urlaub war er durchaus bereit, sich auch einmal etwas Exklusives zu gönnen.

In dem Moment erschien Mira wieder mit dem Glas Wasser und reichte es ihm. „Und nun", begann Mira zögerlich, „was wünschen Sie?" Bei diesen Worten wechselte sie mit Ali einen eigenartigen Blick.

Doch Hans-Dieter ließ sich davon nicht beirren. „Ich suche das Gespräch, wie ich schon mitgeteilt habe. Natürlich möchte ich auch Ihren Verein genauer kennenlernen", erklärte er.

„Ich glaube, wir können nichts für Sie tun", meinte Ali unwirsch und blickte finster drein.

Aber da entgegnete Mira: „Vielleicht kann ich Ihnen doch etwas Gutes tun. Es ist bloß eine Kleinigkeit. Wie wäre es mit einer Massage?"

Hans-Dieter schluckte, und seine Gedanken drehten sich wie in einem Karussell. Hatte er etwa das Eingangsschild falsch gelesen?

Als Mira merkte, dass sie den armen Hans-Dieter ziemlich durcheinander gebracht hatte, ergänzte sie lächelnd: „Natürlich lediglich eine Kopfmassage."

Doch diese Äußerung irritierte ihn vollends. Er griff an seine Glatze und schaute Mira an, als ob sie von einem anderen Stern käme. In Gedanken ließ er die Ereignisse im Verschönerungsverein nochmals Revue passieren. „Wo bin ich hier eigentlich gelandet?", fragte er sich.

Ali war kein Gedankenleser, darum interpretierte er diese Situation völlig anders. Er sah einen glatzköpfigen Kunden vor sich, der seine Frau lüstern anstarrte. Da riss ihm der Geduldsfaden, und er polterte los: „Was glauben Sie eigentlich, wer Sie sind? Sie stehlen unsere Zeit mit Ihren unerfüllbaren Wünschen! Machen Sie Ihre Späßchen mit anderen!"

Hans-Dieter hatte genug von dieser unfreundlichen Behandlung und schimpfte: „Was ist das denn für ein Verein? Geht man so mit interessierten Touristen um?"

Weiter kam er nicht, denn in diesem Moment trat ein älterer Herr ein.

„Guten Tag, Herr Eder", begrüßte ihn Ali. Dabei legte er wieder seine vier Schilder auf den Tresen, und wie der aufgebrachte Hans-Dieter erkennen konnte, wählte der neue Kunde „Ruhe" und „exklusiv". Als sich Herr Eder umdrehte, deutete er auf den glatzköpfigen Touristen und bemerkte trocken: „Ali, wenn du nicht jeden neumodischen Quatsch mitmachen würdest und noch das alte Schild an der Türe wäre, hättest du solche Probleme und Diskussionen sicher nicht!" Danach ging Herr Eder hinter den Paravent und sagte: „Ich hätte es gerne wie immer. Einmal waschen, schneiden und föhnen."

Da nahm Mira eine Schere und einen Kamm aus ihrer überdimensionalen Handytasche am Gürtel und folgte ihm. Hans-Dieter gingen in diesem Augenblick mehrere Lichter auf. Die späte Einsicht kann ihm aber auch nicht übel genommen werden, da er wegen seiner Glatze seit Jahren keinen Friseurladen mehr betreten hatte. Eilig setzte er seine lila Sonnenkappe auf und verließ ohne ein weiteres Wort den sogenannten Verschönerungsverein.

Dieselben Worte
Valerie Travaglini

Je mehr die Sterne vom Himmel brüllten, desto einsamer fühlte er sich, im Besonderen in jener Nacht, in der er nicht mehr daran glaubte, Hortensia jemals wiederzusehen. Seine Worte hallten unaufhörlich in ihm nach, seine hohlen Worte, mit denen er sich alles versaut hatte. Mit denen er sich die Aussicht auf das Glück verbaut, mit denen er sich selbst alles zerstört hatte.

Zuerst verbrannte er den Ratgeber „Wie erobert MANN das zarte Geschlecht", wissend, dass der nicht schuld an seiner Misere war. Schuld waren einzig und allein seine Worte. Und das war das, was Oskar K. aufzufressen drohte. Nie mehr wieder würde er einen derartigen romantischen Blödsinn von sich geben, der Frauen in die Flucht jagte.

Nach einem längeren Krankenhaus-Aufenthalt in Florenz, wo sie ihn, nachdem er bei Rot über die Kreuzung spaziert war, wieder zusammengeflickt hatten, war er zurück in seiner Dachwohnung in Wien, in der Camillo Sitte Gasse 29/7. Drei nie enden wollende Wochen waren verstrichen, seit er mehr mechanisch als aktiv versuchte, sich wieder in sein Leben einzugliedern. Seine Rippen schmerzten noch, aber er genoss den Schmerz, der ihn von seinen wirklichen Schmerzen ablenkte, der eine gerechte Strafe für die sinnlosen Worte war, die sein Mund ausgesprochen hatte.

Oskar K. schlug die Mücken und Fliegen tot, er schlug die Zeit tot; sogar die Spinnen waren ihres Lebens nicht mehr sicher, obwohl er denen früher, in der Zeitrechnung vor Hortensia, niemals was angetan hätte. Vormals betrachtete er sie stets mit wissenschaftlichem Interesse und hielt sie für sehr nützlich.

Es gab in der Tat fortan zwei Leben des Herrn Klein. Eine neue Zeitrechnung hatte sich durchgesetzt, das Leben vor und das nach Hortensia.

Seine Arbeit hatte er noch nicht wieder aufgenommen, aber am Montag würde es soweit sein. Er musste ins Institut, um an seinem Forschungsbericht über Faultiere zu arbeiten. Ein halbes Jahr hatte er im tropischen Regenwald mit einem Team geforscht, und sie waren zu herausragenden Erkenntnissen gelangt. Oskar K. dachte daran, wie unbeholfen und schutzlos diese Tiere wirkten, wie sie sich wie in Zeitlupe fortbewegten, das Fell von Algen und Parasiten bevölkert. Sie erinnerten ihn an sein eigenes Leben. Sie waren mit ihm verwandt. Er dachte über die Lebensansichten der Faultiere nach …, vielmehr, ob Tiere unterschiedliche Lebensansichten hatten und ob überhaupt … Wie immer huschte beim Gedanken an sie ein Lächeln über seine Lippen.

Nach ihrer Kulturreise nach Florenz wollten sie mit dem Bericht beginnen. Nach der Reise nach Florenz! Im Leben nach Hortensia, das nicht mehr den Geschmack vom Leben davor hatte, nicht mehr diesen Enthusiasmus, nicht mehr diese Leidenschaft für seine Arbeit. Aber am Montag musste er die Arbeit aufnehmen. Es gab keine Möglichkeit mehr für ihn, sich zu drücken, und er musste wieder aus dem Haus.

„He, Oskar! Wie geht's? Bist du wieder gesund?", begrüßte ihn Werner S., sein engster Mitarbeiter.

„Ja, die Rippen tun noch etwas weh, aber sonst …", gab er kraftlos zurück.

„Ich bin schon ziemlich weit mit unserem Bericht! Stell dir vor, ich konnte über die Körpertemperatur was herausfinden! Sie sinkt im Schlaf auf 24 Grad! Deshalb …"

„Schön!", kam es zugeknöpft von Oskar K. „Dann fang ich schon mal an. Meine Notizen hast du doch, oder?"

„Na, klar habe ich die, sie liegen auf deinem Schreibtisch!"

Oskar K. schlich zu seinem Arbeitsplatz und wunderte sich kurz darüber, dass noch alles so war wie früher. Die große schwarze Fläche seines Computers gähnte ihm entgegen, die Schale mit Krimskrams, ein hoher Stapel Unterlagen, Manuskripte, sogar die Kaffeetasse war noch da – niemand hatte sie in der Zwischenzeit abgewaschen. Er fing also sein Leben an, wie er es aufgehört hatte.

Der Computer fuhr gerade mühsam hoch, als die Tür aufging und eine unbekannte Frau das Büro betrat.

Werner S. schnellte aus seinem Sessel empor, trat ein paar Schritte auf die Frau zu und führte sie, am Ellbogen ergreifend, zu Oskar K.

„Unsere neue Mitarbeiterin!", posaunte er stolz, als ob das sein Verdienst wäre. „Elli. Elli Wieser! Sie arbeitet momentan an einem Bericht über Koalas. Sie hat ein Jahr in Australien geforscht!"

Verstört schaute Oskar sie an. Sie erinnerte ihn an Hortensia, hatte dieselbe rote Lockenmähne, hatte dieselbe Porzellanhaut mit Sommersprossen. Wie konnte das sein?

„Hallo!", grüßte Elli und streckte ihm die Hand entgegen.

Oskar ergriff sie zögernd und war sich nicht ganz sicher, ob jetzt sein Mund auch „Hallo" sagte oder nicht.

„Ich freue mich auf eine gute Zusammenarbeit!", redete sie weiter, die Verwirrung von Oskar K. ignorierend.

„Ich auch ...!", brachte Oskar zustande und setzte sich schwach auf seinen Stuhl zurück.

Elli Wieser hatte den Schreibtisch ihm gegenüber, und sie konnten sich immer sehen. Sie konnten sich in die Augen blicken, wenn sie wollten.

Oskar K. gelang es nicht, sich zu konzentrieren. Er schrieb gerade darüber, dass ein südamerikanisches Volk namens Shuar Faultiere jage, um Faultierschrumpfköpfe herzustellen. Das gab zu denken. Er war so empört darüber, dass er überlegte, ob er dieses Faktum ignorieren sollte. Er wollte über derartige Grausamkeiten gar nicht berichten. Er hob den Blick und traf den von Elli Wieser.

„Sollen wir nicht heute Abend zusammen was essen gehen?", fragte diese ganz ungeniert.

Oskar war so überrascht von der Frage, wie die in der Luft stehen bleibende Kaffeetasse verriet, dass er nicht gleich antworten konnte. Er wollte auch auf keinen Fall wieder diesen Fehler machen und ein romantisches „Ja" hauchen, und so sagte er schlussendlich wohlüberlegt: „Ja, wenn Sie Hunger haben …"

Sie lachte darüber herzlich, was Oskar noch mehr irritierte, aber auch ein bisschen die Spannung von ihm abfallen ließ. Er stimmte in ihr Lachen ein; sie lachten gemeinsam, wie Oskar K. schon ewig nicht mehr gelacht hatte. Vielleicht im Leben vor Hortensia, aber auch selten …, wenn überhaupt! Er war sich nicht sicher …, aber es tat ungemein gut. Die gemeinsamen Abendessen wurden zu einem Fixpunkt in ihrem Leben. Sie gingen dazu immer ins „Derwisch", ein kleines türkisches Restaurant um die Ecke, wo es die beste Linsensuppe gab. Elli Wieser erzählte ihm von Koalabären mit derselben Liebe, wie er ihr von seinen Faultieren. Sie erklärte ihm, Koalas könnten sich über relativ große Entfernungen verständigen. Weibchen und Männchen würden Angstrufe gebrauchen, die aber sehr unterschiedlich seien. Männchen würden ein tief grunzendes Bellen von sich geben, wenn sie sowohl ihre Gegenwart als auch ihre soziale Stellung kundtun würden. Oft klinge es wie ein fernes Rumpeln, wie ein startendes Motorrad oder wie ein grunzendes Schwein. Während der Fortpflanzungszeit würde viel gebellt werden, um anderen Tieren die Möglichkeit zu geben, die Position des Rufers genau festzustellen. Sie berichtete weiter, herausgefunden zu haben, dass Koalas bis zu zwanzig Stunden am Tag schlafen könnten. Das bewies, dass man dem Faultier mit seinem Namen Unrecht tat! Sie stellten weiter Vergleiche an und entschlossen sich, einen gemeinsamen Vergleichsbericht zwischen Faultieren und Koalas herauszugeben, die Menschen würden überrascht sein.

Oskar K. und Elli Wieser begannen, auch über ihre gemeinsamen Abende im „Derwisch" und im Institut hinaus, die Zeit miteinander zu verbringen. Am liebsten gingen sie in den Zoo Schönbrunn, wo gerade ein neuer Koala zur Welt gekommen war. Sie liebten das Tier wie ein Baby.

Ab und zu fuhren sie mit der Straßenbahn durch die Gegend, ohne ein Ziel zu haben, und amüsierten sich über die Straßennamen, über die Fahrgäste und über die Auslagen der Geschäfte. Sie redeten über ihre Arbeit, über Bücher; am Abend tranken sie roten Wein.

Oskar K. stellte fest, dass er so gut wie nie mehr an Hortensia dachte. Ab und zu kam es ihm so vor, als ob Elli Wieser Hortensia wäre … Allmählich verblasste Hortensia mit ihrem Blumenladen als eine Illusion, die er sich zurechtgelegt hatte und verlor an Bedeutung. Elli Wieser war keine Illusion, Elli Wieser war eine reale Frau, die sich sogar für dieselben Dinge wie er interessierte. So viel Glück hatten nicht alle im Leben, das war Oskar K. bewusst.

Eines Abends tranken sie wieder roten Wein in Oskars Wohnung und hatten sich dazu Creme-Schnitten aus dem „Aida" besorgt. Wie so oft redeten sie bis tief in die Nacht und fanden kein Ende, als Elli Wieser unverhofft seine Hand ergriff und sagte: „Ich habe schon ein Leben lang auf einen Mann wie dich gewartet!"

Über den Nutzen einer Zeitung
Gerlinde File

Mal sehen!

Auf dem ersten Blatt finde ich die Kommentare zur Politik, scharfzüngig und bissig wie immer. Das könnte zum Nachfüllen meines Pfefferstreuers taugen.

Auf Seite 3 und 4 ist von Mord und Totschlag die Rede. Ha, mit dem Blatt werde ich meine Fliegen das Fürchten lehren!

Die Wettervorhersage folgt auf Seite 5. Die werde ich zum Polieren meiner Fenster verwenden, auf dass mir endlich klar wird, was das Wetter draußen macht.

Auf Seite 6 finde ich ein paar barbusige Schönheiten, so heiß, ich könnte glatt ein Lagerfeuer damit anzünden.

Das Wort zum Sonntag von Seite 7 werde ich nächsten Sonntagmorgen auf den Frühstückstisch legen, dann erspare ich mir das Reden.

Die Todesanzeigen von Seite 9 bis 11 kommen zum Altpapier. Wer weiß, was die beim Recyceln noch alles zuwege bringen! Aus den Reiseberichten, die mehrere Seiten füllen, falte ich einen Flieger, ein Segelboot, einen Sonnenhut und ein paar Palmen. Damit begebe ich mich dann nach Balkonien und bin endlich reif für die Insel.

Die beiden Seiten in der Mitte sind von oben bis unten kariert, schwarze und weiße Felder, ungleichmäßig verteilt. Damit kann man ja nicht einmal Schach spielen. Was ich mit diesen beiden Seiten anfangen soll, ist mir glatt ein Rätsel.

„Der Tod sitzt im Darm" steht auf der nächsten Seite. Natürlich, die befördere ich zum letzten Quadratmeter meiner Wohnung, um sie dort für hinterlistige Zwecke zu verwenden. Dann wird selbst mein Hintern endlich im Bilde sein.

Es folgen fünf Seiten lang Sport, Sport und noch einmal Sport. Ach ja, die Turnschuhe meiner Kinder sind immer noch triefend nass. Ausgestopft mit den Sportseiten kommen sie sicher wieder in Schuss.

Dazwischen seitenweise Reklame, dick aufgetragen wie immer. Damit können sie meinen Speck einwickeln, mich nicht!

Und was sehe ich auf der letzten Seite? Das Fernsehprogramm und ein sagenhaftes Foto von Superman. Endlich was Vernünftiges!

Das werde ich ausschneiden und an meine Pinnwand heften.

Empfehlungen für Überflieger

*Man sollte das Dach reparieren
solange die Sonne scheint.*
John F. Kennedy

Biologisch abbaubar
Stefan Heinzle

„Guten Tag, mein Name ist Huber, Ernst Huber, und das da hinten, da hinten ...", sein Zeigefinger zielte ungenau auf eine Frau, die wenige Meter hinter ihm stand, „das ist meine Frau Rosi."

„Guten Tag Herr Huber und Frau Rosi", der kleine rundliche Mann mit Stirnglatze sah in seinem schwarzen Anzug, weißem Hemd und schmaler schwarzer Lederkrawatte aus wie ein Bestatter.

„Was kann ich für Sie tun?"

„Wir haben Dingsda, wir haben meine Schwiegermutter, Rosis Mutter, im Wagen. Hinten. Auf der Rückbank. Ich habe den Wagen laufen lassen und die Klimaanlage, damit sie frisch bleibt".

„Ernst! Sprich nicht so über meine Mutter! Damit sie frisch bleibt ... Sprich nicht so über meine Mutter!" Frau Rosi war erbost. Doch vermutlich weniger, als sie es zum Anschein gab.

Der Anzugträger umkurvte den Empfang und ging feierlich an den beiden Hubers vorbei zur Eingangstür, dabei rieb er sich die Hände, als wolle er auch optisch andeuten, dass es galt, ein Geschäft abzuschließen.

Beide Hubers folgten ihm stumm.

Vor dem Wagen blieb der Anzugträger stehen. „Darf ich mal sehen?" Der Anzugträger wartete gar keine Antwort ab, sondern öffnete die hintere Wagentür und beugte sich über die ältere Dame im Fonds des Wagens, die zu schlafen schien. Nach ein paar Sekunden kniff er ihr ohne Vorwarnung grob in die Wangen.

Die alte Dame ließ dies ohne Regung über sich ergehen.

„Sieht gut aus", sprach der Anzugträger mehr zu sich als zu den beiden Hubers.

„Wenn Sie damit sagen wollen, dass die ältere Dame im Fonds des Wagens, meine Schwiegermutter, tot ist, dann liegen Sie damit genau richtig. Erstens atmet sie nicht mehr, zweitens ist kein Puls mehr spürbar und drittens, der wichtigste Beweis für ihren Tod, sie redet nicht mehr, seit wir sie so vorgefunden haben. Einen größeren Beweis für ihren Tod kann es nicht geben."

„Ernst! Sprich nicht so abfällig über meine Mutter!", Frau Rosi war sichtlich wütend und kämpfte zugleich mit den Tränen.

„Haben Sie die Papiere der zu Kompostierenden dabei?"

„Was für Papiere für welche zu Kompostierende?", Herr Huber war überrascht.

„Na, jede Menge Papiere. Die Sterbebestätigung des Arztes, der ihren Tod festgestellt hat, die Leichenschaupapiere und den Reisepass oder Personalausweis der zu Kompostierenden. Je nach Familienstand: Geburtsurkunde, Heiratsurkunde oder Sterbeurkunde des verflossenen Ehemanns, falls sie Witwe war. Und das Wichtigste natürlich: Die Bestätigung des Magistrats MA22, Bereich Abfall- und Ressourcenmanagement, dass die zu Kompostierende überhaupt biologisch abbaubar ist – Grundvoraussetzung für eine Kompostierung. Zur zweiten Frage: Seit 01.01. 2013 hat die Stadt Wien auf Bio umgestellt, auch was die Entsorgung Verblichener anbelangt. Es wird nicht mehr wie früher wild befeuert, sondern biologisch abbaubar kompostiert. Zusätzlich brauchen Sie noch ein Behältnis, in das ich die Kleidungsstücke der zu Kompostierenden legen kann, außer Sie haben sie mit biologisch abbaubaren Kleidungsstücken – samt Leibwäsche – eingekleidet, wovon ich aber nicht ausgehe, wenn Sie nicht einmal zu wissen scheinen, dass Verblichene nicht mehr befeuert werden. Mit biologisch abbaubaren Kleidungsstücken – samt Leibwäsche – bestückt, können wir die zu Kompostierende gerne mit Kleidungsstücken naturalisieren. Den Fertigkompost erhalten Sie nach ca. 35 Wochen. Sie haben genügend Zeit, um sich eine Urne zu besorgen. Wir werden Sie aber laufend über den Kompostierungsgrad Ihrer zu Kompostierenden informieren. Aber wie schon gesagt, das Wichtigste ist, dass Sie sich die Formulare des MA22 besorgen und sich die Kompostierung bewilligen lassen. Das mit dem MA22 können wir aber auch gerne für Sie übernehmen."

Die beiden Hubers waren schockiert über die Ansprache des Bestatters.

Rosi wischte sich mit einem Taschentuch die Tränen aus den Augen und von den Wangen.

Herr Huber fasste sich als Erster. „Wir hätten Sie bei uns zu Hause im Garten vergraben oder irgendwo ablegen sollen. Nicht einmal als Tote kann sie es lassen, uns Ärger zu bereiten", sprach Herr Hubers vorwurfsvoll in Richtung Rosi. Er hatte sich erstaunlich schnell wieder gefasst.

„Ernst! Sprich nicht so über meine Mutter! Es wird schon hart genug für mich sein, Ihren Verwesungsgrad laufend dokumentiert zu bekommen."

„Kompostierungsgrad, Frau Rosi, ein kleiner, aber feiner Unterschied. Kompostierungsgrad. Wir gehen hier von einem floralen und nicht von einem animalischen Prozess aus. Daher Kompostieren, statt Verwesen. Klingt dann doch weit weniger dramatisch."

„Können wir die kompostierte Schwiegermutter dann auch bei Ihnen lassen. Ich bezweifle, dass sich meine Schwiegermutter als Kompost eignet. Wieso soll aus etwas Unbrauchbarem plötzlich Brauchbares entstehen?"

„Ernst! Meine Mama kommt natürlich zu unseren Rosen. Die hatte sie so gerne, da wird sie auch ihre letzte Ruhe finden."

Frau Rosi zitterte am ganzen Körper. Sie hatte sich bis hierhin erfolgreich gegen einen Nervenzusammenbruch gewehrt.

„Bestünde auch die Möglichkeit, meine Schwiegermutter konventionell zu entsorgen bzw. zu lagern? Ich meine, klassisch, so mit Aushub, Sarg rein, Erde drauf und gut."

„Natürlich Herr Huber, Sie können Ihre Schwiegermutter auch klassisch beisetzen. Nur die Formulare sind beinahe die gleichen wie bei der Kompostierung. Vor einer Umweltverträglichkeits-Prüfung Ihrer Schwiegermutter – wie wir Bestatter es nennen – können Sie sich nicht drücken. Irgendwo auch verständlich. Was spielt es schon für eine Rolle, ob die zu Kompostierende an der Erdoberfläche oder zwei Meter tiefer liegt?", der Bestatter lächelte, als er dies der Familie Huber mitteilte.

„Wir werden uns melden", Herr Huber stellte Blickkontakt mit seiner Frau her.

Als diese nickte, ergänzte er: „Haben Sie eine Liste, der wir entnehmen können, was es für uns alles zu tun gibt?"

„Selbstverständlich, kommen Sie nochmals in unseren Besprechungsraum. Da kann ich Ihnen sämtliche Unterlagen aushändigen. Übrigens, ein Tipp von mir: Bei diesen Temperaturen sollten Sie Ihre Schwiegermutter nicht allzu lange im Auto lassen. Sonst fängt sie wieder an zu leben. Wenn Sie wissen, was ich meine", er kniff dabei ein Auge zu und winkte steril zum Abschied.

Herr und Frau Huber studierten, zu Hause angekommen, die Unterlagen des Bestatters genau. Es gab noch sehr viel abzuklären. Sie waren vor allem auf den guten Willen des Hausarztes der Toten angewiesen, denn dieser musste nicht nur ihren Tod nachträglich bestätigen, er musste auch den Zustand der Toten vor ihrem Tod dokumentieren: Krankheiten, Medikamente, Gesundheitszustand, Bodymaßindex etc.

Auf dem Weg zum Hausarzt der Toten schwiegen Herr Huber und Frau Rosi. Jeder der beiden, hing seinen Gedanken nach. Frau Rosi hatte heute ihre Belastungsgrenze erreicht. Wieso konnte ihre Mutter nicht so beerdigt werden, wie Generationen vor ihr? Sicher wieder so ein sinnloses Gesetz aus Brüssel, das mit Wiener Bürokratie kombiniert, dieses Tohuwabohu ergeben hatte. Das Anziehen der Handbremse riss Frau Rosi aus ihren Gedanken. Sie hatten den Parkplatz des Arztes erreicht.

„Ich gehe rein und rede mit dem Arzt. Es wird besser sein, wenn jemand im Auto bei ihr bleibt." Herr Huber zielte während des Gesprächs mit seinem Zeigefinger in Richtung Schwiegermutter. Doch der Zeigefinger zeigte ins Leere. Die Schwiegermutter saß nicht mehr im Fonds des Wagens, weder tot noch lebendig.

Die Gesichtsfarbe der beiden Hubers ähnelte schlagartig der Person, die eben noch hinter ihnen saß.

„Was für ein Trottel stiehlt meine Schwiegermutter?", Herr Huber hatte sich – wie üblich - als Erster gefasst.

Frau Rosi brachte noch kein Wort über die Lippen.

„Müssen wir jetzt eine Vermisstenanzeige aufgeben? Ha, Tote abgängig. Zwecks Kompostierung dringend gesucht. Zweckdienliche Hinweise bitte …"

„Halt die Klappe!", Frau Rosi war sehr wütend geworden, „halt endlich deine blöde, blöde Klappe!" Frau Rosi schluchzte, Tränen bewässerten ihre Wangen. „Hier geht's um meine Mutter. Sie mag nicht immer einfach gewesen sein, aber sie war trotzdem meine Mutter. Ich möchte nicht, dass du ständig Witze über sie reißt, jetzt, wo sie tot ist. Hilf mir lieber meine Mutter zu suchen!"

Herr Huber gab klein bei, startete seinen PKW und fuhr erst mal nach Hause.

Die Hofeinfahrt hätte er beinahe gerammt, als er seine Schwiegermutter mit der Gießkanne an den Rosenhecken entdeckte. Der künftige Kompost der Rosen pflegte die Rosen im Moment mit einer Hingabe, die weit über die Möglichkeiten, die einfacher Kompost hatte, hinausgingen. Entweder war es der Schreck, den der Anblick der lebenden

Toten Herrn Huber in die Waden fuhr, oder der stille Wunsch, dass seine Schwiegermutter endlich das Zeitliche segnen solle, vermutlich aber eine Kombination aus beidem. Denn in der Aufregung gab er Gas, anstatt zu bremsen. Der Wagen beschleunigte über die kurze Einfahrt und das Rosenbeet, um wenige Sekunden später frontal in die Hauswand zu donnern. Der Sachschaden wurde durch die als spärlichen Puffer unfreiwillig missbrauchte Schwiegermutter sicher nicht kleiner. Der Amtsarzt konnte nur mehr den Tod der lebenden Toten feststellen.

Herr Huber sah dieses Mal davon ab, seine Schwiegermutter persönlich bei der Kompostierstelle abzugeben.

Herr Schmidt
Susanne Koller

Wenn technische Geräte so konstruiert würden, dass sie mit einem einfachen Schalter zu bedienen wären, würden wir keine Gebrauchsanweisungen benötigen. Zumindest keine, die extra kleingedruckte sieben Seiten beanspruchen. Andererseits, wenn ich daran denke, wie vielen Menschen das Schreiben von Gebrauchsanweisungen das Leben sichert, ist es vermutlich wieder gerechtfertigt. Je komplizierter und umfangreicher die Anweisungen, desto mehr Jobs gibt es.

Mein Nachbar ist ein Mensch, für den diese Art von Arbeit genau die richtige ist: Herr Schmidt. Ein ernster, hagerer Mann in den Fünfzigern, stets pünktlich und korrekt, täglich in einem seiner etwas altmodischen Anzüge und farblich passender Krawatte gekleidet, Pomade im Haar, den Scheitel links – wie mit einem Lineal vermessen.

Seine Frau, klein und drall, unterhält sich tagsüber gerne mit allen. Doch sie verstummt, sobald sie mit ihrem Mann unterwegs ist. Dabei war das nicht immer so. Als ich vor drei Jahren in die Siedlung eingezogen bin, arbeitete Herr Schmidt als Einkaufsleiter in einem kleinen Familienunternehmen, war sehr nett und hilfsbereit, wenn auch ein wenig chaotisch. Die beiden lachten oft miteinander. Doch seit dem Konkurs seines Arbeitgebers veränderte sich Herr Schmidt. Lange fand er keine Arbeit.

„Zu überqualifiziert" hieß es. „Zu alt" interpretierte Herr Schmidt. Er vertrieb sich seine Zeit mit dem Lösen von Kreuzworträtseln, schimpfte mit den Kindern vor dem Haus, die ihm alle zu laut und zu frech waren, legte sich mit Nachbarn an, die die Schuhe vor der Türe stehen ließen, und schrieb hunderte von Leserbriefen an alle möglichen Tageszeitungen, um seinen Ärger los zu werden.

Doch vor ein paar Monaten bewarb sich Herr Schmidt bei einer Schreibagentur für Gebrauchsanweisungen. Es wurde beim Inserat darum gebeten, mit der schriftlichen Bewerbung eine Textprobe zu einem technischen Gerät abzugeben. Herr Schmidt bemühte sich sehr, eine kurze, praktisch durchführbare Anweisung für einen Toaster zu verfassen. Drei Wochen später bekam er eine Einladung zu einem Gespräch. Wieder mit der Bitte, eine Beschreibung mitzubringen. Das zu schildernde technische Gerät liege bei. Es handelte sich um einen einfachen Wecker.

Oh, das ist einfach, da kann überhaupt nichts schiefgehen, dachte Herr Schmidt und machte sich wieder motiviert an die Aufgabe. Es ging ihm flott von der Hand. Bereits nach einer Stunde hatte er einen kurzen, prägnanten und äußerst hilfreichen Text, wie er dachte.

Das Gespräch mit dem Personalleiter Herrn Neuschmid verlief sehr gut, bis zu dem Zeitpunkt, als ihm die Anweisung des Weckerherstellers gezeigt wurde. Acht DIN-A4-Seiten, Schriftgröße 8 Pkt., geschätzte vierundzwanzigtausend Zeichen. „So muss das sein, verstehen Sie?", wurde Herrn Schmidt erklärt. „Wenn die Leute ein technisches Gerät kaufen, bekommen sie mit einer ausführlichen Beschreibung die Garantie, ein hochkomplexes Produkt erworben zu haben. Wenn diese zu einfach ist, haben sie das Gefühl, zu viel bezahlt zu haben. Der Umfang der Bedienungsanleitung bestimmt den Wert des Produktes." Selbstgefällig lehnte sich Herr Neuschmid zurück. „Aber Sie lernen das schon noch."

Herr Schmidt hatte den Job und war überglücklich.

Die ersten drei Wochen verbrachte Herr Schmidt ausschließlich in Schulungen, die zum Ziel hatten, möglichst lange, verschachtelte Sätze zu bilden, technische Details seitenlang zu umschreiben, um aus zehn Zeilen zehn Seiten zu machen. In den Pausen – Herr Schmidt hatte sich wieder das Rauchen angewöhnt – murmelten die Teilnehmer ständig vor sich hin. Jeder war damit beschäftigt, einfache Handgriffe zu beschreiben. Verschachtelt – versteht sich.

Zuhause brachte Herr Schmidt nicht einmal mehr ein einfaches „Guten Morgen" über die Lippen.

Seine Frau rollte entnervt mit den Augen, als er sie eines Morgens mit den Worten „Wir haben den 21. Februar 2013, es ist 6.25 Uhr mitteleuropäischer Zeit, Zeit, um aufzustehen. Ich bereite dir nun einen Kaffee – nein, besser einen Cappuccino aus erlesenen Arabica-Bohnen, importiert aus Brasilien, aufgegossen mit laktosefreier Milch, die auf 37 Grad erhitzt und langsam aufgeschäumt wird, darüber eine Prise einer Zimt- und Kakaomischung ..., oje, oje, lange noch nicht exakt genug ...", weckte.

Frau Schmidt durfte ihrem Mann auch keine Wurstbrote mehr machen. Nein, Schnitten mussten es sein – aus von Hand zubereitetem Sauerteigbrot, da dies die Verdaulichkeit verbessern würde. In drei Schichten belegt mit einer luftgetrockneten, leicht angeräucherten Salami aus Felino, südwestlich von Parma. Wichtig dabei war, dass diese Salami mit dem Messer schräg in etwa Pfefferkorndurchmesser geschnitten wurde. Die gut verdauliche Wirkung des Sauerteigbrotes würde dadurch auf das Beste ergänzt werden. Abwechslungsweise wurden diesen Wurstbroten – äh Sauerteigbrotschnitten – scharfe Gewürzgurken und Cocktailtomatenscheibchen hinzugefügt. Das durfte auf keinen Fall vergessen werden, das brachte Herrn Schmidt ziemlich durcheinander.

Um Punkt 6.53 Uhr verließ Herr Schmidt das Haus. Ausgestattet mit Aktentasche und Regenschirm. Jeden Wochentag. Herr Schmidt fand sein Leben perfekt. Endlich hatte er wieder alles im Griff. Ein mächtiges Gefühl.

Eines Morgens stellte Herr Schmidt unterwegs fest, dass er seinen Proviant zu Hause vergessen hatte. Zutiefst erschrak er über seinen ungeheuerlichen Imperfektionismus. Er blieb auf der Stelle stehen und überlegte fieberhaft, was zu tun sei. Nach einer kurzen Nachdenkphase suchte er unruhig eine Bäckerei auf, um etwas zu kaufen, das seinen Biorhythmus nicht zu sehr durcheinanderbringen würde. Er bestellte eine dreieckige Quark-Öl-Teigtasche, gefüllt mit in zwei Millimeter gleichmäßigen Scheiben geschnittenen heimischen Äpfeln und einer Prise Zimt.

Die Verkäuferin sah ihn verdattert an. „Ich verstehe Sie nicht, was möchten Sie?"

Herr Schmidt wiederholte genervt seine Bestellung. „Ich hätte gerne eine dreieckige Quark-Öl-Teigtasche, gefüllt mit in zwei Millimeter gleichmäßigen Scheiben geschnittenen heimischen Äpfeln und einer Prise Zimt."

An dem eigenartigen Blick der Verkäuferin stellte sich keine Veränderung ein.

„Und bitte schnell, ich muss in 6 Minuten und 34 Sekunden bei meiner Arbeit sein", ergänzte Herr Schmidt mit einem Blick auf seine Uhr.

Die Verkäuferin rührte sich nicht.

„Na, was ist denn nun!?" Herr Schmidt wurde immer ungeduldiger. Hilfesuchend blickte er sich um, doch hinter ihm standen nur weitere fünf Frauen, die ihn mit großen Augen und offenem Mund anstaunten.

Herr Schmidt rang nach Luft. „Wieso starren Sie mich denn alle so an?!" keuchte er. Irgendetwas stimmte hier nicht. Herr Schmidt begann am ganzen Körper zu zittern. Schweiß rann ihm von der Stirn. Ihm wurde schwarz vor den Augen.

„Ein Nervenzusammenbruch", erzählten die Nachbarn, „der arme Mann. Er wird wohl nicht so schnell aus der Nervenheilanstalt entlassen werden."

Gestern sah ich Frau Schmidt Hand in Hand mit einem Albaner, der seit wenigen Wochen im neuen Flüchtlingsheim am Ende unserer Straße wohnte. Sie lachte.

„Was will sie denn mit dem!", tuschelte Frau Niederer aus dem ersten Stock, „der spricht doch kaum ein Wort Deutsch."

Eben!, dachte ich.

Dubiose Waschgänge
Hubert Salzmann

Es hört sich verrückt an, aber meine Waschmaschine vertilgt immer wieder einige Socken von mir. Seltsamerweise verschlingt sie stets nur die schwarzen und linken Socken. Da drängt sich die Frage auf, woher kann meine Waschmaschine die Farbe der Socken erkennen, und wie stellt sie fest, dass diese Socke am linken Fuß getragen wurde? Hat meine Waschmaschine etwa Aromasensoren eingebaut, die den Geruch vom linken und rechten Fuß unterscheiden können? Mir kommt kurz der Verdacht, es könnte vielleicht doch eher am Waschmittel oder am Weichspüler liegen. Das Waschpulver ist eventuell zu scharf und zerstört die Fasern oder die Wäsche wird solange weich gespült, bis sich die Fasern der Textilien vor lauter Erschlaffung auflösen. Aber das erklärt immer noch nicht das Rätsel, warum von diesem Phänomen bloß die schwarzen und linken Socken betroffen sind.

Meine Nachbarin hat mir geraten, vor dem Waschgang, die linken und rechten Socken paarweise zusammenzunähen, aber ich habe die Befürchtung, dass meine Waschmaschine dann beide Socken frisst.

Ich durchforste die Bedienungsanleitung und das Internet nach Hinweisen auf diese mysteriösen Fressattacken meiner Waschmaschine, finde aber keine einleuchtende Erklärung. *Reinigen Sie in regelmäßigen Abständen das Flusen-Sieb*, steht da unter der Rubrik „Wartung". Soviel zu dieser unbrauchbaren Bedienungsanleitung. Ich habe diese Waschmaschine schon fast zehn Jahre und wette tausend Euro, dass da niemals ein Flusen-Sieb eingebaut war. Das Geld werde ich natürlich vom Hersteller eintreiben, der dieses Lügenblatt geschrieben hat. Mein Grinsen gefriert, denn schon auf der nächsten Seite der Anleitung entdecke ich eine Abbildung der Waschmaschine und in der Vergrößerung die Position einer Geräteklappe. Dahinter verbirgt sich, laut Hersteller, der Schraubverschluss für das Flusen-Sieb. Ich gehe zur Waschmaschine, stelle eine flache Wanne unter die Geräteklappe und drehe den Verschluss auf. Erst kommt mir ein Schwall Wasser aus der Öffnung entgegen, gefolgt von einer schleimigen Substanz. Ich finde Haare, Knöpfe und zwei Büroklammern. Flusen und Fasern von Textilien und Fuseln von zerfledderten Papiertaschentüchern verstopfen wirklich die kleinen Poren des Flusen-Siebs. Ich frage mich, was dieser Textilien-Reißwolf in den letzten Jahren noch alles gefressen hat. Euroscheine, die ich in meiner Hosentasche vergessen habe, sicher auch. Da bekommt der Begriff *Geld waschen* wieder seine ursprüngliche Bedeutung.

Fuseln schön und gut, aber keine Spur von meinen schwarzen Socken. Bei der Häufung meiner vermissten Socken in den letzten Jahren, müsste ja der gesamte Abflussschlauch bis zum Anschlag mit schwarzen Fasern verstopft sein. Und so kommen erneut die merkwürdigsten Gedanken und Fragen hoch: *Funktioniert meine Waschmaschine etwa nach dem Prinzip des Ausschusses?*

Das würde auch erklären, warum keinerlei schwarze Fasern im Flusen-Sieb hängen. Ein Hinweis in der Gebrauchsanleitung müsste den Bediener über diese Funktion informieren und könnte etwa so lauten: „Ist die Ausdünstung eines Ihrer Wäschestücke zu stark, wird sie in den internen Schredder befördert und mit dem Abwasser abgeführt, da sich die Waschmaschine nicht mehr in der Lage sieht, die Textilfasern vom störenden Geruch zu befreien. Um sicherzustellen, dass keine kontaminierenden Rückstände in der Waschmaschine verbleiben, wird das Flusen-Sieb nach dem Zerkleinern mit einem Bypass umgangen."

Nach Umfragen von Marktforschungsinstituten bin ich mit meinem Problem nicht allein. Deshalb arbeiten die führenden Waschmaschinenhersteller fieberhaft daran, wie sie das Thema *Sockenschwund* endgültig lösen könnten. Durch die neuen Technologieinnovationen müsste es doch ein

Leichtes sein, auch dieses Problem auszumerzen, aber derzeit deutet noch nichts auf einen bahnbrechenden Erfolg hin.

Meine Waschmaschine frisst nicht nur Socken, sondern auch Strom ... und mir die Haare vom Kopf. Der Wasserverbrauch ist enorm. Ich habe meiner Waschmaschine schon mehrmals gedroht, dass ich sie verschrotten würde, wenn sie nochmals eine meiner Socken verschlingt. Ob ich die Drohung tatsächlich umsetze, ist fraglich und es scheint auch nicht so, als ob die Maschine von dieser Drohung eingeschüchtert sei. Vor einigen Tagen sprach ich meine bisher letzte Verwarnung aus und dachte, sie hätte endlich Wirkung gezeigt, als ich ein anhaltendes Zittern der Waschmaschine registrierte. Doch sofort die Ernüchterung: Es hatte sich lediglich der Schleudergang zugeschaltet. Verschrotten ist keine Option, denn natürlich brauche ich eine Waschmaschine im Haushalt. Aber eigentlich sind die Geräte total dämlich und langweilig. Haben Sie schon einmal einer Waschmaschine beim Waschen zugeschaut? Etwas Langweiligeres gibt es doch kaum. Spannend wird es erst beim Schleudern, aber so richtig vom Hocker haut mich das heute auch nicht mehr. Nach neuesten Erkenntnissen ist *Waschmaschine schauen* sogar noch schlechter für die Augen und die Konzentration, als in den *Fernseher zu schauen*. Gerade beim Schleudern zwischen tausend und elfhundert Touren wird das Gedankenkarussell derart mitgerissen, dass bleibende Schäden, wie etwa ein Schleudertrauma, zurückbleiben können. Es existieren durchaus Studien von Konsumententestern zu dieser Gefahr, aber das wird natürlich vornehm unter den Tisch gekehrt. Das vielgepriesene Gütesiegel der Waschmaschinenhersteller ist heute auch nicht mehr wert als ein selbstgeschnitzter Kartoffelstempel.

Früher, als die Waschmaschinen an den Bächen und Flüssen knieten, war die Welt noch in Ordnung. Zugegeben, die Wäsche war nicht immer so porentief rein, wie aus einer modernen Waschmaschine, aber es gab damals auch nicht diese gefürchteten Grauverfärbungen, weil zufällig ein dunkles Wäschestück in die helle Wäsche gerutscht war. Und war es wirklich einmal der Fall, dass eine linke Socke nach dem Waschgang fehlte, dann schwamm sie vermutlich im nächsten See oder hing flussabwärts an einem Ast in Ufernähe. Die Wäsche wurde geklopft, nicht geschleudert. Aber wenn die Wäscherinnen in Ufernähe auf dem glitschigen Boden herumwateten, gerieten sie schon mal ins Schleudern und fielen in den Dreck. Aus dieser Zeit hat sich der Begriff *Dreckschleuder* eingeprägt. Diese idyllische Zeit wird nie zurückkehren, und wenn junge Frauen heute von einem Waschbrett schwärmen, meinen sie mit Sicherheit kein Gerät zur Reinigung von Wäsche, sondern die durchtrainierte Bauchpartie eines angehimmelten Sportlers, Popstars oder Schauspielers.

Nach diesen umfangreichen Überlegungen habe ich das Problem mit meinen verschwundenen Socken nach wie vor nicht gelöst, aber ich habe Lösungsansätze. Inzwischen verwende ich die rechten Socken auch für den linken Fuß. Einerseits, weil mir die linken, schwarzen Socken ausgegangen sind, andererseits, um die Waschmaschine zu verwirren. Da das Gerät dauernd bloß die schwarzen Socken verschlingt, habe ich meine Kaufgewohnheiten drastisch umgekrempelt und kaufe seit letztem Monat nur noch graue oder braune Socken. Auf diesen Schachzug war meine Waschmaschine nicht vorbereitet, sie hat ganz schön dumm aus der Wäsche geschaut.

Die Tücken der Technik
Sylvia Deutschmann

Herr Klein war ein Techniker mit Leib und Seele. Er las gerne Computerzeitschriften und kannte viele der technischen Neuheiten, die auf dem Markt waren. Außerdem besaß er auch selbst ein paar technische Spielsachen, mit denen er sich liebend gern beschäftigte. Ihn begeisterte am meisten, dass ein einziges Gerät mehrere Funktionen erfüllen konnte. So nutzte er sein Smartphone nicht allein für Telefonate und SMS, sondern auch, um Zeitung zu lesen, um im Internet nach Informationen zu suchen und sogar, um Filme anzusehen.

Frau Klein hingegen interessierten technische Neuerungen nicht besonders, und bei der Bedienung der Geräte setzte sie auf Einfachheit. Das – wie sie es nannte – Streicheltelefon ihres Mannes brachte sie zur Weißglut. Denn einerseits konnte sie es gar nicht bedienen, andererseits brauchte sie ihr – wie es ihr Mann ausdrückte – altertümliches Tastenhandy lediglich für Telefonate und gelegentliche SMS. Für alles andere gab es einen Computer.

Wenn ein Baby geboren wird, bringt es das Familienleben erst einmal ordentlich durcheinander. So war es auch bei Herrn und Frau Klein. Nachdem es der Schlafrhythmus des Babys endlich erlaubte, abends die Nachrichten und anschließend einen Fernsehfilm anzusehen, frönten sie diesem Vergnügen wieder. Allerdings nur bei geöffneter Wohnzimmer- und Schlafzimmertür, um ja jeden Mucks ihres Kindes zu hören. Natürlich wurde auch die Lautstärke des Fernsehers sehr leise eingestellt, um den Schlaf des kleinen Erdenbürgers auf keinen Fall zu stören. Nach einer Weile hatte Frau Klein genug vom beinahe Stummbild-Fernsehen. Wenn sie schon einmal fernsehen konnte, dann wollte sie es auch ohne Einschränkungen tun. „Wir brauchen unbedingt ein Babyphon. Ich werde das Gerät, das meine Eltern früher benutzt haben, ausleihen", sprach sie zu ihrem Mann.

Herr Klein fiel aus allen Wolken, denn das besagte Gerät war alt, für technische Verhältnisse sogar steinalt, nämlich über zwanzig Jahre. Er erklärte seiner Frau, was sich in technischer Hinsicht inzwischen alles geändert habe, und versuchte, ihr den Unterschied zwischen analogen und digitalen Geräten zu erläutern.

Aber Frau Klein ließ sich durch diese Ausführungen nicht beirren, und bald stand das alte, aber funktionstüchtige Babyphon im Hause Klein. Es war ein einfaches Gerät, das nur wenige Funktionen hatte, nämlich einen Einschaltknopf und einen Regler für die Lautstärke. Außerdem hatte es noch eine Sprechfunktion, die aber sowieso nicht benötigt wurde. Das war ganz nach dem Geschmack von Frau Klein. Zum ersten Mal probierte sie das Babyphon aus, als ihr Mann am Freitagabend beim Kegeln war. Sicherheitshalber ließ Frau Klein aber den Fernseher ausgeschaltet und las in einer Zeitschrift. Ebenso ließ sie die Türen offen, um das Baby auf jeden Fall zu hören, falls das Gerät wider Erwarten versagen sollte. Die Übertragung war gut, und sie konnte sogar die Atemzüge des Kindes hören. Plötzlich weinte das Baby. Aber durch das Babyphon war nichts zu hören, einzig durch die geöffneten Türen drangen die Laute. Da musste sie sich eingestehen, dass die Atemzüge bloß Störgeräusche gewesen waren. Als sie das Baby beruhigt hatte, stellte sie den Regler des Babyphons auf maximale Lautstärke. Gleich rauschte es laut. Frau Klein versuchte, das lästige Geräusch zu ignorieren und sich wieder in einer Zeitschrift zu vertiefen. Das wollte bei dieser Lärmkulisse nicht so recht gelingen. Was war das? Frau Klein zuckte zusammen. Ein kurzes metallisches Knacken drang aus dem Babyphon. Sie ging schnell ins Schlafzimmer, aber das Baby schlief tief und fest. Es hatte nicht einmal seine Schlafposition geändert. Im Wohnzimmer unterbrach ab sofort das Knacken in regelmäßigen Abständen das Rauschen; jedes

Mal erschrak die lärmgeplagte Frau. Vor lauter Nebengeräuschen war es schwierig, überhaupt ein Weinen zu hören. So musste Frau Klein einsehen, dass ihr Mann recht gehabt hatte, als er von den tollen Neuerungen der Technik sprach. Am nächsten Tag wurde er gleich mit der Aufgabe betraut, ein neues Babyphon zu kaufen. In Anbetracht dieser reizvollen Aufgabe, verzichtete er darauf, seine Frau genauer über elektrische Interferenzen bei älteren Modellen aufzuklären. Sofort begab er sich in die unendlichen Weiten des World Wide Web und recherchierte zum Thema „Babyphon".

Beim Mittagessen meinte er: „Es ist unglaublich, was diese Geräte alles können. Da gibt es sogar die Möglichkeit zur Videoübertragung und viele Zusatzfunktionen wie zum Beispiel die Messung der Temperatur und der Luftfeuchtigkeit. Außerdem können die meisten Geräte wie ein Funkgerät zur Kommunikation verwendet werden."

Frau Klein unterbrach die begeisterten Ausführungen ihres Gatten und sagte kühl: „Du kennst meine Meinung. Ich möchte ein einfaches Gerät, das unkompliziert in der Handhabung ist."

„Ja, ja", murmelte er, „die kenne ich zur Genüge, und ich werde ein Gerät finden, mit dem wir beide zufrieden sind."

Ein paar Tage später traf ein Paket mit dem bestellten Babyphon ein. Herr Klein hatte seiner Frau nicht zu viel versprochen. Es war ein modernes Gerät mit wenigen Knöpfen und ohne jeden Schnickschnack. Als einzige Zusatzfunktion konnte es Schlaflieder abspielen. Aber darüber sah Frau Klein hinweg, da das Gerät doch sonst ganz ihren Wünschen entsprach. Abends konnte Herr Klein es kaum erwarten, diese technische Errungenschaft auszuprobieren. Mithilfe der Bedienungsanleitung nahm er das neue Gerät in Betrieb.

Frau Klein gab dem Baby gerade im Schlafzimmer das Fläschchen, als ihr Mann das Babyphon brachte und stolz meinte: „Es ist alles installiert. Heute steht einem gemütlichen Fernsehabend nichts mehr im Wege. Und nun probieren wir gleich die Schlaflied-Funktion aus."

Er drückte einen Knopf und huschte aus dem Raum. Hohe verzerrte Töne, die entfernt an Kinderlieder erinnerten, waren zu hören. Es ist überflüssig, zu erwähnen, dass Frau Klein überhaupt nicht begeistert war. Doch sie konnte den nervigen Singsang nicht abschalten, denn das einschlummernde Baby auf ihrem Arm hielt sie davon ab. So musste sie sich diese Schlaflieder einige Minuten anhören und schwor sich, diese Funktion nie zu verwenden.

Als sie ins Wohnzimmer kam, lief bereits der Spielfilm. Auch der zweite Teil des Babyphones, der sogenannte Empfänger, stand schon auf dem Couchtisch. Allerdings war er noch nicht eingeschaltet. Herr Klein hatte somit auf den akustischen Genuss, der ihr durch die Schlaflieder zuteilgeworden war, verzichtet. Aus Rücksicht auf den häuslichen Frieden unterdrückte Frau Klein einen Kommentar. Sie war froh, dass ihr Gatte die ganzen Installationen übernommen hatte und sie sich nicht selbst damit beschäftigen musste. In technischen Dingen konnte sie sich hundertprozentig auf ihren Mann verlassen. Nun widmeten sich die beiden dem Fernsehfilm. Aneinander gekuschelt saßen sie auf der Couch und genossen endlich wieder einmal einen gemütlichen Fernsehabend bei geschlossenen Türen. Das Babyphon stand in Griffweite auf dem kleinen Tisch. Plötzlich war ein Wimmern zu hören. „Da schreit ein Baby!", sagte Frau Klein verwirrt. Herr Klein beruhigte sie: „Das kommt aus dem Fernseher. Sonst würde es ja durch das Babyphon zu hören sein. Außerdem leuchtet bei unserem Babyphon bei Geräuschen noch zusätzlich ein grünes Lämpchen auf."

Seine Frau nahm das Gerät in die Hand und vergewisserte sich. Tatsächlich war weder ein Ton zu hören noch blinkte ein Licht. Gerade, als sie das Babyphon wieder zurückstellen wollte, war das Weinen wieder zu hören. Dieses Mal war es schon lauter. Frau Klein legte den Kopf schief und lauschte. Irgendwie schien es, als ob das Babygeschrei aus der Wand käme. In diesem Moment erkannte sie, wer weinte. Mit einem fassungslosen Blick auf das stumme Babyphon in ihrer Hand, rief Frau Klein entsetzt: „Das ist unser Kind!" Sie rannte ins Schlafzimmer und tröstete es.

Als sie wieder ins Wohnzimmer kam, sprach ihr Mann: „Es war gut, dass du jetzt im Schlafzimmer mit dem Baby gesprochen hast. Dadurch habe ich endlich den Knopf für die Regelung der Lautstärke entdeckt und konnte sie optimal einstellen."

Frau Klein verdrehte die Augen und sagte mehr zu sich selbst: „Immer diese Technik!"

Herbert weiß sich zu helfen
Klaus Höfle

„Damit du jederzeit erreichbar bist", hatte Helga, die ältere seiner beiden Töchter, mit ihrem breiten Froschgrinsen verkündet und dabei sichtlich zufrieden mit sich selbst und ihrem Geschenk gewirkt.

Als ob er zu seinem neunzigsten Geburtstag mit derart neumodischem Zeugs noch was anzufangen wüsste.

Herbert steht auf, reckt und streckt sich. So langsam macht sich sein Gesäß vom langen Sitzen bemerkbar. Dann nimmt er wieder Platz. Was soll er auch sonst tun.

Unschlüssig betrachtet er das klavierlackschwarze Handy mit seinem Display, den Ein- und Ausschalttasten, Anschlussbuchsen und was sonst noch allem. Das waren noch Zeiten, als man robuste Hörer in Händen hielt und gesprochene Worte durch ein Kabel in die Wand verschwanden, um beim Empfänger ebenfalls durch einen kabelgebundenen Hörer wieder auszutreten. Ein Wunder der Technik, damals wie heute.

Herbert dreht und wendet das Handy. Er kann sie nicht leiden, diese flachen Dinger mit ihren zu kleinen Tasten, die an allen Ecken und Enden, in Bussen und Bahnen, Cafés und Wirtshausstuben, Theken und Kassen, Tälern und Bergen, Museen und Kirchen und vielleicht gar noch in Himmel und Hölle in allen erdenklichen Tönen Krach fabrizieren, Texte übermitteln, Filme abspielen oder seinen Besitzer mit der großen weiten Welt verbinden. Wie hatte er, Oberstleutnant im Ruhestand und Träger des Silbernen Verdienstzeichens der Republik Österreichs, es ohne diesen aufgebauschten Kommunikationssmaltalkquatsch überhaupt so weit gebracht?

Herbert zieht die Stirn in Falten und schüttelt den Kopf. Eine völlig andere Zeit war das. Damals, als das Telefon noch an einem eigens dafür vorgesehenen Platz fix montiert war. Da wurde noch gepflegt miteinander geredet, ohne dass die halbe Welt daran teilhaben durfte oder musste. Zeiten, in welchen sich noch jeder bewusst war, dass ein gesprochenes Wort Geld kostete. Aus diesem Grund hatte er sich bis gestern erfolgreich gegen ein eigenes Handy zur Wehr gesetzt.

Herbert legt das Handy in seinen Schoß und lüftet seine Schirmmütze, was er immer tut, wenn er angestrengt überlegt.

„Himmel Herrgott!"

Am meisten ärgert ihn die Tatsache, dass seine Tochter Recht behalten sollte. „Sei nicht so stur, ist doch nur für den Notfall", hatte sie gestern mit nicht mehr ganz so breitem Grinsen angemerkt und ihm sein Geburtstagsgeschenk in die Hand gedrückt. Und mit einem „Man kann ja nie wissen" gleich ein Blatt Papier mit den gängigsten Handyfunktionen nachgereicht. Sozusagen eine Funktionszusammenfassung für neunzigjährige Handynegeranten.

Aber so schnell gibt sich ein ehemaliger Befehlshaber der dritten Versorgungskompanie keine Blöße.

„Es muss doch eine andere Möglichkeit geben", murmelt Herbert vor sich hin. Dabei rutscht er hin und her und reibt sich die Hände. Allmählich fährt ihm die Kälte in die Knochen. Aber einerseits, sein Gesicht entspannt sich. Wer sagt denn, dass er ausgerechnet Helga um Hilfe bitten muss? Schließlich sind die Telefonnummern aller Verwandten eingespeichert. Auch Harald, sein Sohn, ist in der Kontaktliste zu finden. Obwohl dieser seit einem halben Jahr inmitten des dichtesten Urwalds von ganz Uruguay mit dem Bau einer Brücke beschäftigt ist. Selbst dieser Umstand konnte seine Tochter nicht davon abhalten, Haralds Kontakt einzuspeichern. Und sei es nur, um, wie von Helga mehrfach und ausdrücklich betont, auf die horrenden Gebühren im Falle eines Telefonates nach Uruguay hinzuweisen. Auch wenn sich niemand der ganzen Verwandtschaft sicher war, ob es im tiefsten Urwald überhaupt ein Netz gab.

Egal, Herbert bezweifelt ohnedies, dass Harald wegen seines kleinen Missgeschicks eigens von Uruguay angereist wäre. Und wenn doch, hätte er hier zumindest recht lange auf seine Hilfe warten müssen.

Herbert entscheidet sich für seinen Urenkel Severin. Ein Junge im besten Handyalter mit aufmüpfigen Rasterlocken und löchrigen Jeans, deren Hosenboden beinahe bis zu den Kniekehlen reicht. Zudem ist der Junge an seiner Misere nicht ganz unschuldig. Schließlich hatte Severin ihm den zusammenschiebbaren Gehstock geschenkt. Er hat ihn heute lediglich bei einem ausgedehnten Spaziergang ausprobiert.

Herbert schmunzelt. „Für einen Zehner wird Severin bestimmt dicht halten."

Rasch drückt er die vermeintlichen Tasten, mit welchen er gestern auf seiner Geburtstagsfeier durch Testanrufe von Tisch zu Tisch telefoniert und damit riesiges Entzücken unter der Verwandtschaft hervorgerufen hatte. Groß war das Gelächter gewesen; jeder Einzelne schien stolz darauf zu sein, in Herberts Zauberkästchen, teils mit Foto und eigenem Klingelton, abgespeichert zu sein.

„Himmel! Wie ging das noch mal?"

Er zieht die Stirn in Falten und schüttelt den Kopf. Was nutzt nun das Kästchen, wenn ihm der Zauber der Tasten entfallen war? Herbert legt das Handy zurück in den Schoß und kramt in der Brusttasche des Mantels nach der Funktionszusammenfassung seiner Tochter. Helga schien sich mit Notfällen auszukennen. Jedenfalls entdeckt Herbert in gedruckter Pensionistengroßschrift den Punkt *ausgehende Anrufe*. Ihr Froschgrinsen denkt er sich dazu. Er kneift die Augen zusammen. Jetzt muss er bloß noch Severins Nummer finden. Aber …

„Wo zum Teufel ist mein Handy?"

Er blickt erst vor sich auf den Boden, dann rechts und links. Und zuletzt …, Herbert stutzt. Sein nigelnagelschwarzlackschickes Handy liegt am Grunde des WC-Siphons. Herbert kann sich einen Lacher nicht verkneifen. „Zumindest die Sache mit dem Handy hat sich erledigt." Nur sitzt er noch immer auf der Toilette des im Winter so gut wie nicht frequentierten Stadtparks und das ohne Toilettenpapier. Warum warnt ihn Helga vor Roaminggebühren in ein wahrscheinlich nicht vorhandenes Urwaldnetz, nicht aber vor der Handybenützung in öffentlichen Toiletten?

Herbert lüftet seine Schirmmütze. Nun liegt es einzig an ihm, auch ohne Handy aus dieser Misere herauskommen. Und das steht für ihn außer Frage. Wie sonst auch hat er einen Weltkrieg und seine Frau überlebt?

Es dauert nicht lange, und Herbert schwelgt einmal mehr in den guten alten Zeiten, in welchen Worte noch durch Hörer gesprochen oder aus Zeitungen, anstatt aus elektronischen Geräten gelesen wurden. Und prompt in diesem Moment springt der Funke über, verbreitet sich vom einen Ohr zum anderen. Mit einem Grinsen, das dem seiner Tochter in keinster Weise nachsteht, bedient sich Herbert schnurstracks Helgas Funktionszusammenfassung. Für was so eine Beschreibung doch alles gut ist!

, FÜR SICH BETRACHTET, IST EBENSOWENIG ERSCHEINUNGSFORM DER SCHW

SEHN WIR IN DER TAT, DAB SIE ALS SCHWERE DASSELBE, UND DAHER IN BESTIMMTER PROP

BST AN, DAB ER EIN GESELLSCHAFTLICHES VERHÄLTNIS VERBIRGT. UMGEKEHRT MIT DER A

ICH STETS PRODUKTIV KRAFT NÜTZLICHER,

ENN DIE PRODUKTIVE   IGT, WENIGER, WENN SIE SINKT.   WECHSEL DER P

IR WELT IN DER FOR   N GEBRAUCHSWERTEN ODER WARENKÖRPERN, ALS EISEN, LEIN

SITZEN, SOFERN SIE AUSDRÜCKE DERSELBEN GESELLSCHAFTLICHEN EINHEIT MENSCHL

Die Erfindung der Tortenschaufel
Horst-Stefan Jochum

Vor der Erfindung der Tortenschaufel spießten die Leute ihre Kuchenstücke auf Korkenzieher und bugsierten die Stücke von der Kuchenplatte auf ihre Teller.

Vor der Erfindung des Korkenziehers kniff man den Kuchen mit der Beißzange.

Vor der Erfindung der Beißzange umwickelte man die Kuchen mit Seil, hob sie an den Seilenden greifend, von der Tortenplatte und ließ sie auf den Tellern ab.

Vor der Erfindung des Seiles wurden keine Kuchenstücke bewegt, denn das Seil wurde zu einer Zeit erfunden, als es noch gar keine Kuchen gab.

Das Blaue vom Himmel
Gabriele Ulmer

Bring mich nicht auf die Palme, komm mit mir aufs Erdbeerfeld. Dorthin, wo die Augen im Scharlachrot der Früchte versinken, wo das Sonnenlicht über sattem Blattgrün gleißt und wo der Gaumen und die Zungenspitze von der zuckersüßen Weltenweite kosten. Ich hole dir das Blaue vom Himmel und lasse es durch meine Finger rieseln, sanft und weich in die Kluft zwischen uns und über die vergifteten Wörter. Wir hängen Geigen ins weiße Gewölk und lassen Seifenblasen gegen Gedankengestöber steigen.

Nicht nur Eingeweihte wissen, dass den Mutigen die Welt gehört. Komm, wir löschen unsere Festplatten und verbrennen alle Tagebücher! Heute verkleben wir die Spiegel, denken uns ganz jung und schön, tauschen das Vergangene gegen das Jetzt und loben den Tag noch vor dem Abend. Stell dir vor, alle Kreuze sind rund, und die Drei ist eine gerade Zahl.

Ein müdes Wehen noch, ein Tröpfeln aus dem Astwerk, schon scheint die Sonne wieder, streicht mit lichter Wärme über unsere fiebernden Wangen. Was zögerst du noch? Es ist Frühsommer, und selbst die Fische unter dem eisigen Wasser der schmelzenden Gletscher erwärmen sich, wenn wir das Paradies durch die Hintertür betreten und den Baum der Erkenntnis links liegen lassen. Sind erst einmal alle Wunden geleckt, schau nicht zurück! Schieb den ewig Gestrigen, die uns gierig die Gebelaune verderben, den Riegel vor. Das Leben, das wahre Leben ist hautnah.

Schnell, schnell! Lass uns jetzt keine Zeit versäumen mit sinnlosem Geplänkel, ist doch das Heute schon morgen gestern. Wortgewitter verhallen im Hirngewinde, verstummen in der Seelenwelt. Genieße das Schweigen zwischen den Wörtern. Nichts als schweigen werden wir, wissen wir doch längst von der heilsamen Wirkung der Liebe ohne Analyse, vom Glück eines Nachmittags, das im Zeitraum eines Wimpernschlags die Widerlichkeiten eines ganzen Lebens verzeiht. Ach, dreh die Sanduhr noch einmal um! Schau, die Dinge – Bäume, Zäune, Felder zum Beispiel – dürfen nach einem langen, dunklen Winter die Todesfarben abstreifen und wenn es wieder heller wird, in der ursprünglichen Farbe wiedergeboren werden. Warum nicht auch wir?

Komm, leg die Stiefel ab, schmeiß dich aus der sicheren Bahn, wirf den Körperköder aus. Schmiere mir Honig um den Mund, flüstere mir Lügen ins Ohr und lass uns zerfließen unter grenzenlosem Himmel, fliegen, schweben und dann auf modrigen Humus sinken. Meine Haut ist eine Wiese. Wer schenkt, der erntet. Der Atem ein Hauchen, das Gräsermeer ein Wogen, ein Wanken, ein Wispern, die Erde ein Bett. Was laut sich verlor, findet leise sich wieder. In Blättern wie Blüten feiern wir den Augenblick, der innig uns umfängt und einhüllt in die Unendlichkeit.

Lass Wein fließen und süße Gedanken. Siehst du denn nicht? Alles wächst und wandelt sich und fliegt mit den Flügeln der Fantasie. Schenk noch einmal ein. Fließ, fließ, du Himmelsbläue, und lass Kläger und Richter in deinem Fluss ertrinken.

Wie verteilt man einen Bonus gerecht?
Eric Parisse

Oswald Keller ist CEO der RKB & Partner, exklusive Adresse für Scheidungen, bei denen der Streitwert des zu teilenden Vermögens jenseits der Millionengrenze liegt. Kluge Scheidungswillige suchen RKB & Partner auf, lange, bevor sie die Absicht haben, ihren Partner vor der eigenen Haustür und außerhalb ihres Vermögens anzusiedeln. Deshalb sitzt Keller auch in einem feudalen Ledersessel vor einem polierten Ungetüm in Mahagoni und nicht hinter einem mausgrauen Kunststofftisch. Mit übereinander geschlagenen Beinen, die Lehne in Relax Stellung, schaut er zum Fenster hinaus. Die freie Sicht auf das hektische Treiben auf dem Hauptplatz wird nur von ein paar unschlüssig hin und her tanzenden Schneeflocken unterbrochen. Für mindestens eine Stunde wolle er nicht gestört werden, hat er Frau Wieland gesagt.

Wenn ich bis dahin ein Ergebnis habe, sonst eben länger, dachte er bei sich.

Die alljährlich zur Weihnachtszeit fällige Bonuszahlung an ein paar handverlesene Mitarbeiter steht an. Solcherart wichtige Entscheidungen erfordern von Herrn Keller, dass er ernsthaft in sich geht. Eigentlich hat er die letzten zwei Wochen kaum etwas anderes getan, aber Keller kennt sich aus und weiß, dass Reflektion außerordentlich wichtig ist – auch wenn die Sache lediglich einige Mitarbeiter betrifft – schließlich hat Dr. Habermann *ihm* die Verantwortung übertragen, einen gerechten Schlüssel für die Aufteilung des Jahresbonus von glatten EUR 200.000 zu ermitteln und die Auszahlung zu veranlassen.

Infrage kommen zwar allein die vier leitenden Angestellten, aber trotzdem; solche über das Gehalt hinausgehende Einmalzahlungen wollen gut durchdacht sein. Es gibt Menschen, die ziehen wegen so einer Zuwendung alle möglichen verkehrten Schlüsse. Keller kennt jeden Einzelnen persönlich, aber um das geistige Auge sozusagen mit den Probanden auf DU und DU zu bringen, hat er sich die Personalakten (mit Lichtbild) kommen lassen.

Da wäre zunächst der Finanzchef, Franz Höllerer. Guter Mann, ohne Wenn und Aber. Letztens hat der ihm – so ganz nebenbei bei einer Tasse Cappuccino – erzählt, dass er einen Liegeplatz am Bodensee ergattern konnte. Abzusehen, dass der gute Höllerer mit dieser Ansage den Bonus im Visier hatte. Abzusehen auch, dass da der ganze schöne Bonus für ein Boot drauf geht. Keller schüttelt den Kopf. *Wie kann man nur? Sinnloser Luxus – wozu braucht man überhaupt ein Boot?* In Kellers Kopf setzt sich ein Betrag fest.

Die darunterliegende Akte offenbart ihm Egon Walsers Leben inklusive Facebook Profil. Ein Aspirant im dritten Praxisjahr, gute Auffassungsgabe und flink in der Abwicklung seiner Fälle. Darüber hinaus ist er ein guter Zuhörer, hilft gerne aus, wenn's irgendwo brennt, und ist deshalb bei den weiblichen Angestellten uneingeschränkte Nummer eins in Sachen Sozialkompetenz. Wäre Beliebtheit Gradmesser, könnte man fast ein bisschen neidisch werden. *Leider, lieber Herr Walser, bringst du aufgrund der wenigen wirklich dicken Fälle, die du als Aspirant abbekommst, auch nur einen bescheidenen Umsatz zustande.*

Unentschlossen nimmt er Quido Moosbruggers Akt zur Hand. Quido ist der älteste Mitarbeiter und schon einige Jahre Seniorpartner von Dr. Habermann. Zuständig für die kniffligsten Fälle ist er faktisch Ansprechpartner für alle zwölf Anwälte, wenn es um heikle Auslegungen und Formulierungen geht. Moosbrugger ist ohne Frage kompetent und ein geschätzter Mitarbeiter, ohne dass er sich um Anerkennung bemühen müsste. Die Frage, ob oder ob nicht, erübrigt sich hier; nur – wie viel muss, wie wenig darf es sein?

Mit dem vierten Namen hat er keine Probleme, sprich; nichts zum Nachdenken, nichts zu kommentieren. Denn Keller ist Keller, bürgt für sich kann man sagen. Schließlich würde sich die Kanzlei nicht da (siehe Anfang) positionieren können, wenn es seine Position – ergo dessen ihn selbst – nicht geben würde. Was wäre ein Höllerer, wenn *er* ihn nicht ins Boot geholt und zum Finanzchef gemacht hätte? Der könnte noch nicht einmal über einen Liegeplatz nachdenken, geschweige denn über ein Boot. Warum kann sich denn ein Moosbrugger so akkurat auf die schwierigsten Fälle stürzen und so ungehindert seine Arbeit erledigen? Doch lediglich, weil sich ein Mann wie Keller der lästigen Trivialitäten annimmt und ihn von unwichtigen Dingen abschirmt.

Von derlei Überlegungen in der Entscheidungsfindung hin und her gerissen, macht er sich noch einmal über die Akten. Da stößt er auf etwas, was wirklich zählt. Schwarz auf Weiß steht es da: Die beiden, Höllerer und Moosbrugger, beziehen (bis auf ein paar lumpige Tausender) ein annähernd gleich hohes Gehalt wie er selbst. Das ist ein harter Schlag, zumal er sich bisher für den Topverdiener in der Kanzlei hielt.

Anders sieht es bei Egon Walser aus. Gerade mal zehn Prozent von Kellers Grundgehalt bekommt der. Keller wird ein bisschen sentimental und schwelgt in Erinnerungen. Dann gibt er sich einen Ruck: *Das waren auch ganz andere Zeiten damals ..., als ich angefangen habe ... Also ich möchte nicht wissen, was damals so Usus war...*

Die Sprechanlage summt.

Frau Wieland meldet sich: „Herr Keller, ich möchte Sie nur daran erinnern, dass Sie um 16.00 Uhr noch einen Termin bei Gericht haben!"

„Ach du liebe Zeit, den hätte ich beinahe verschwitzt. Danke, Frau Wieland, ich bin in zehn Minuten fertig."

Keller atmet tief durch, nimmt das Scheckbuch und eine Karte vom SOS Kinderdorf (die er jedes Jahr von der Kanzlei aus großzügig unterstützt) zur Hand und schreibt:

„Lieber Herr Höllerer,
es freut mich, Ihnen beiliegend einen Scheck als wohlverdienten Bonus überreichen zu dürfen (Ich habe den starken Verdacht, dass Sie sich dafür ein Boot kaufen werden☺).
Gesegnete Weihnachten auch an Ihre Familie.
Ihr Oswald Keller, CEO."

Er füllt einen Scheck aus und schreibt ins Datenblatt: „Höllerer € 20.000,--, Zweck: Bonus."

Auf die zweite vorgedruckte Karte schreibt er:
„Sehr geehrter Herr Walser,
es freut mich, Ihnen für Ihren vorbildlichen Einsatz einen Bonus-Scheck beilegen zu dürfen. Machen Sie weiter so!
Besten Dank und ein schönes Weihnachtsfest!
Ihr Oswald Keller, CEO."
Ins Scheckbuch schreibt er: „Walser € 5.000,--, Zweck: Bonus."

Die dritte Karte – eigentlich keine Karte, sondern ein kunstvoll gestaltetes Billet – beschreibt er mit folgendem Text:
„Lieber Quido,
es freut mich außerordentlich, dass ich auch heuer wieder ‚Christkind' spielen darf und dir (wie gewohnt + Sonderleistung € 5.000) im Namen des Seniorchefs zum Jahresabschluss einen Scheck überreichen darf.
Schöne Feiertage und einen guten Rutsch
wünscht dir Oswald Keller."
Ins Scheckbuch schreibt er: „Moosbrugger € 55.000,--, Zweck: Bonus."

Keller seufzt noch einmal ausgiebig, dann zieht er den goldenen Füllhalter aus der Lade, nimmt eine ähnliche Karte wie an Moosbrugger zur Hand und schreibt sich selbst und seiner Familie die besten Wünsche für das bevorstehende Fest.

Mit schwungvoller Schrift fertigt er den zugehörigen Scheck aus: „EURO 120.000,-- (einhundertzwanzigtausen)."

Im letzten Moment hält er inne, als er versucht ist, ins Datenblatt beim Zweck „Weltreise" anzuführen. So viel an Info braucht die Buchhaltung nun wirklich nicht.

Für Ruhelose
Valerie Travaglini

Sind wir nicht dort zu Hause, wo unsere Träume in den Gardinen hängen und der Teppich über die Sorgen gebreitet wird? Wo die Räume nach Sandelholz riechen und sich Fuchs und Hase einen guten Morgen wünschen? Am Abend wünscht man sich, nach Hause zu kommen, um zu Hause zu sein. Dies mag nicht immer gelingen, da wir Menschen pflegen, allen Ballast nach Hause zu schleppen, wie wir es von den Vorfahren übernommen haben. Die schleppten Beeren und Bären an ..., was allerdings nicht so belastete, dass sie keinen ruhigen Schlaf finden konnten. Wenn die Nacht sich einschleicht auf leisen Sohlen, empfiehlt es sich daher, zuerst einen warmen Apfelstrudel mit Vanillesauce zuzubereiten, um den Magen und die Seele ins Lot zu bringen.

Ich empfehle Ihnen, die Haare wieder offen und die Schnürsenkel lose zu tragen und penibel darauf zu achten, dass immer genügend gute Bücher vorrätig sind – so wird das Haus zum Schloss am Waldesrand. Versuchen Sie, sich vorzustellen, dass es möglich ist, zwischen Mondschein und Sonnenstrahl hin und her zu hüpfen, um den Wechsel der Tage nicht als bedrohlich zu empfinden. Auch ein Strauß Pfingstrosen oder andere Blüten der Saison tragen dazu bei, dass die schwarzen Raben, die auf der Fabrikmauer vor dem Fenster sitzen, nicht als Zeichen gewertet werden. Gedanken an die Arbeit oder unangenehme Pflichten streifen Sie mit den Stiefeln vom Herzen und zünden die große Kerze an. Sorgen und belastende Gedanken legen Sie in eine Schatulle, die eigens dafür vorgesehen auf dem Fensterbrett steht und schließen sie sorgsam.

Die Gedanken sind es wert, dass sie existieren, aber sie müssen nicht auf meiner Schulter übernachten. Ebenso sollten Sie sich am Abend nicht mit Problemlösungen beschäftigen. Diese warten ebenfalls in der Schatulle auf den neuen Tag. Die Nachtischlampe, mit einem warmen Licht angeknipst, decken Sie sich behaglich zu und stecken die Nase in ein spannendes Buch. In kalter Jahreszeit können Sie bei Bedarf durchaus mit einer Wärmflasche unter den Füßen nachhelfen, um das Wohlbefinden zu verstärken. Auf dem Nachtkästchen steht die große Tasse mit den roten Punkten, aus dem der Lindenblütentee seinen Duft verströmt. Alternativ dazu kann es auch heiße Schokolade sein, wenn es Ihnen gelingt, dies vor Ihrem Zahnarzt geheim zu halten.

Manchen hilft sanfte Musik, um die Ruhe für einen entspannten Schlaf herbeizuzaubern. Es soll hier an dieser Stelle nicht die 6te von Beethoven oder die kleine Nachtruhe von Mozart empfohlen werden, manchen hilft auch Leonhard Cohen. Nicht empfehlenswert ist „Rock aroundtheclocktonight". Im Bewusstsein, am heutigen Tag etwas für die Robbenbabys und fürs Weltklima getan zu haben, können Sie sich tief ins Kissen sinken lassen. Nach Erreichen der nötigen „Bettschwere" wünschen Sie der Hausspinne und der Stubenfliege eine gute Nacht, und die Hoffnung auf eine ruhige Nacht wird sich erfüllen.

Specimen
Hubert Salzmann

Vor acht Wochen habe ich einen Farbdrucker im Internet bestellt. Ich bin schon sehr gespannt, denn er soll heute Nacht geliefert werden. Normalerweise kaufe ich Produkte aus dem lokalen Markt, um die heimische Wirtschaft zu unterstützen, aber diese speziellen Geräte sind bei uns nicht erhältlich. Die einzige Firma, die diese Apparate vertreibt, ist in China angesiedelt und nennt sich *Triaden*.

Der Farbdrucker hat etwa die Größe eines Kühlschranks. Die Printer sind auch in kleinerer Ausführung erhältlich, aber ich erwarte, dass die größere Maschine auch schneller produzieren kann. Natürlich druckt das Gerät beidseitig, das muss ein Drucker in dieser Preisklasse schon können. Neukunden haben die Wahl zwischen drei Starter-Paketen – USA, Schweiz und Europa. Je nachdem werden dann die speziellen Druckerpatronen und das dazugehörige Papier für diesen Tintenstrahldrucker zusammengestellt. Ich habe das europäische Standard-Set gewählt, aber Mr. Fu, mein Ansprechpartner bei den *chinesischen Triaden*, versicherte mir, dass ich die Optionen „Schweiz und USA" auch zu einem späteren Zeitpunkt nachbestellen kann. Als unverzichtbares Zubehör pries Mr. Fu noch eine gebrauchte Crumpling-Maschine und einen Zuschneider an. Er bekräftigte, dass die mitgelieferte Software alle Geräte und jedes Format begünstige und steuere. Dadurch seien beste Druckresultate bei höchster Flexibilität und Effizienz gewährleistet. Inzwischen vertraue ich Mr. Fu, denn er hat mich auch bisher erstklassig beraten. Somit erhöhte sich der Kaufpreis für die gesamte Lieferung auf knapp zweihunderttausend Euro. Zugegeben, auf den ersten Blick wirkt der Kaufpreis für einen Tintenstrahldrucker ein wenig überteuert und wird so manchen Interessenten abschrecken. Aber unter uns! Wenn das Gerät einwandfrei funktioniert, ist es doch jeden Cent wert. Die chinesischen Triaden bestanden darauf, dass ich den gesamten Betrag per Vorkasse einbezahle. Ich kann das verstehen, denn mit der Zahlungsmoral der Europäer ist es wirklich nicht mehr gut bestellt, das haben auch schon die Asiaten bemerkt.

Gute Zehntausend hatte ich auf meinem Konto und den Rest lieh ich mir von einem Bekannten, unten am Bahnhof. Er will nicht, dass ich seinen Nachnamen nenne, weil er sich nicht mit seinem milden Herz brüsten will. Sein Vorname ist Giorgio, und er ist Sizilianer, so viel darf ich verraten. Ich hätte natürlich auch bei der Bank um einen Kredit betteln können, aber die wollen wieder Sicherheiten oder einen Bürgen – alles recht kompliziert. Bei Giorgio herrschen Handschlagqualitäten, solange du den vereinbarten Betrag mit den zwanzig Prozent Zinsen pro angefangenem Monat pünktlich zurückzahlst, darfst du deine Hand auch behalten. Soweit lief alles perfekt, einzig die lange Lieferfrist hat mich anfangs muffig gemacht. Die chinesischen Triaden bestanden darauf, das Gerät und das Zubehör per Schiff nach Europa zu bringen und mir die Ware frei Haus zu liefern. Da haben die Triaden einen guten Draht in der Hafenbehörde und zum Entladedienst des Schiffes. Wenigstens fallen so der ganze Papierkram und die Zollgebühren für die Einfuhr weg.

Die Chinesen kommen um zwei Uhr früh mit einem geräuscharmen Lieferwagen und abgedunkelten Scheinwerfern. Sie wollen vermutlich die Nachbarn nicht wecken. Diese ungnädige Zeit kann man den Chinesen nicht vorwerfen, denn wenn man die Zeitverschiebung einbezieht, ist das ihre normale Arbeitszeit in China. Sie können nichts dafür, wenn es bei uns dann noch Nacht ist.

Der Fahrer bleibt im Wagen und die Geräte werden von zwei Helfern in meine Wohnung geschafft. Und schon sind die emsigen Wichtel wieder verschwunden, ohne viele chinesische Worte zu verlieren, die ich ohnehin nicht verstanden hätte.

Ich packe sofort das Equipment aus. Der Aufbau ist einfach, und die Stecker sind mit einem Farbcode gekennzeichnet – ein *Plug and Play* System. Nach dem Hochstarten des Computers lege ich die mitgelieferte CD ein und passe die Ländersprache des Programms auf Deutsch an. Danach folge ich den Anweisungen für die Software-Installation. Nachdem das Programm eingerichtet ist, starte ich den Computer neu.

Auf der Bildschirmoberfläche erscheint eine Animation mit einer wehenden Euro-Flagge, und ich klicke sie mit dem Mauscursor an. Sofort öffnet sich ein weiteres Fenster, in dem alle Euro-Banknoten abgebildet sind, vom Fünf- bis zum Fünfhunderteuroschein. Zum Einstieg wähle ich die Hunderteuronote aus. Das Papier hat etwa das Format DIN A3; das Programm berechnet, dass pro Blatt sechs Hunderter gedruckt werden. Ich füttere den Papierschacht mit einigen Blättern des Hunderteuro-Papiers, erhöhe die Zahl der Ausdrucke auf fünf und klicke auf *Print*. Der Drucker braucht einen Moment, um die Daten zu verarbeiten. Plötzlich erscheint ein roter Balken mit der Meldung:

Die Demoversion ist noch vierzehn Stunden gültig.

Demoversion? Mr. Fu hat nichts von einer Demoversion gesagt. Der Balken verschwindet jedoch gleich wieder, und ich vergesse den Vorfall. Der eigentliche Druckvorgang läuft. Wenige Augenblicke später halte ich die erste Seite in meinen Händen und begutachte die sechs Hunderter von der Vorder- und Rückseite. Die Farben sind brillant und die Konturen bis ins kleinste Detail erkennbar. Ich hole eine Lupe und kontrolliere einen Teil der Mikroschrift neben dem griechischen EYPΩ Schriftzug – eine fantastische Druckauflösung. Bei der Begutachtung gegen das Licht vervollständigt sich das Durchsichtregister zu einer kompletten 100 und ist nicht verschoben oder verzerrt. Die Folienelemente werden von der Maschine aufgestempelt und erzeugen den gewünschten Hologramm-Effekt. Ich halte das Blatt unter den mitgelieferten Schwarzlichttester und bin von den leuchtenden Farben auf den Geldscheinen beeindruckt. Die zwanzig verschiedenen Farbpatronen des Printers können jede benötigte Farbnuance imitieren. Fünf dieser Patronen sind mit floreszierender Farbe gefüllt, um den Leuchteffekt unter UV-Licht zu gewährleisten.

Doch der Druck ist nur die halbe Fälschung, maßgeblich ist die Wahl des Papiers. Es ist unsinnig, kleine Scheine zu drucken, deshalb habe ich mich bei der Bestellung für das Papier ab fünfzig Euro aufwärts entschieden. Gegen das Licht gehalten, erkenne ich die Wasserzeichen und den metallisierten Sicherheitsfaden, die bereits im Papier integriert sind. Die sechs druckfrischen Geldscheine unterscheiden sich einzig durch die Registrierungsnummern. Die Nummern sind nicht fortlaufend, sondern werden von der Rechnersoftware per Zufallsprinzip ausgewählt. Ich fische eine Hunderteuronote aus meiner Geldtasche und vergleiche den Geldschein mit dem Testausdruck. Für mich als Laien gibt es da keinen Unterschied. Schon fabelhaft, wie die Asiaten das hinkriegen! In dieser Richtung sind sie wahre Künstler und einzigartig in ihrer Kreativität.

Ich lege die fünf Blätter in den Zuschneider, und ein Laser tastet die Konturen ab. Schrittmotoren surren und ziehen die einzelnen Blätter in die Maschine. Momente später öffnet sich ein Schacht; ich kann die frischgedruckten Geldscheine entnehmen. Innerhalb von zehn Minuten bin ich um dreitausend Euro reicher geworden. Ich bin begeistert! Die Oberfläche des Papiers fühlt sich ein wenig glatt an. Genau hier kommt die Crumpling-Maschine zum Einsatz. Eine Art Waschmaschine, um das Papier zu zerknittern und griffiger zu machen. Mr. Fu hat wirklich an alles gedacht. Wenn ich grösser in dieses Geschäft einsteige, werde ich mir noch eine Geldzähl- und Bündelmaschine zulegen.

Am nächsten Tag kaufe ich zwei Aktenkoffer für die gefälschten Euro-Scheine. Priorität haben die Schulden bei Giorgio, aber ich habe mir auch schon überlegt, wie ich das Falschgeld in Umlauf bringe. Ich kann es ja nicht einfach zu einer Bank tragen. Diesen Sicherheitsstandards halten meine hausgemachten Blüten wohl kaum stand. In Neapel habe ich eine Firma gefunden, die sich bereit erklärt hat, das Geld zu waschen, aber dieser Service ist nicht billig. Diese Firma hat europaweit Filialen und nennt sich *Camorra*. Ich werde ihnen noch heute eine Testmillion drucken und per Kurier schicken lassen.

Das System braucht eine Ewigkeit, bis es hochgefahren ist. Endlich weht die Europaflagge auf dem Bildschirm, und ich klicke sie an, als wieder eine Meldung erscheint:

Die Demoversion ist noch 10 Minuten gültig!

Ich nehme mir vor, diese Meldungen mit Mr. Fu zu diskutieren. Er wird schon wissen, was es damit auf sich hat. Ich entscheide mich für den Druck von Hunderteuronoten. Ich klicke auf den Hunderteuroschein auf dem Bildschirm und drucke ein einzelnes Blatt mit sechs Scheinen, um die Qualität von allen Seiten zu prüfen. Inklusive der zwanzig Prozent Zinsen für den angefangenen Monat belaufen sich meine Schulden bei Giorgio auf zweihundertachtundzwanzigtausend Euro. Ich erhöhe die Anzahl der Ausdrucke auf vierhundert und drücke auf die Taste *Print*.

Die Demoversion ist noch 1 Minute gültig!, warnt das System. Diese Meldungen werden langsam lästig, denn Mr. Fu hatte mir zugesichert, dass die Software alle Geräte unterstützt. Keine Andeutung von irgendwelchen Demoversionen. Der Druckvorgang der Hunderteuroscheine läuft und auch nachdem die angekündigte Minute abgelaufen ist, wird der Druckvorgang nicht unterbrochen. Ich bin erleichtert. Die Ausdrucke gebe ich in den Zuschneider, bündele das fertige Papiergeld mit einem Gummiband zu je zwanzig Scheinen und stapele sie in einen der Koffer. Die Arbeit ist mühsam, macht aber auch Spaß. Ich werde sie später noch *Crumpeln*, das kann warten.

Unvermittelt schwappt ein Gedanke in mir hoch. Ich stürme zum Wandkalender und fange an, die Tage an den Fingern abzuzählen. Es ist tatsächlich der letzte Tag des angefangenen Monats, ab morgen steigt der Kredit um weitere zwanzig Prozent. Ich rufe Giorgio an und erkläre ihm, dass ich ihm das Geld noch heute vorbeibringen will. Leider ist er nicht in der Stadt, aber es ist für ihn in Ordnung, wenn ich das Geld bei seinem Türsteher abgebe. Er verspricht, Rocky sofort über mein Kommen zu informieren. So ist eben Giorgio, nett und zuvorkommend – ein richtiger Menschenfreund.

Ich werfe hundertvierzehn Geldbündel zu je zweitausend Euro in einen Rucksack und eile die Treppe hinunter. Zehn Minuten später stehe ich vor Giorgios Büro und betätige die Klingel.

Der Türsteher mit den Ausmaßen eines Schrankes füllt den gesamten Türrahmen aus. Also nicht die IKEA-Pressspan-Version, sondern die robuste Schrankwand Eiche massiv. Rocky streckt seine wurstige Pranke nach vorne, aber ich wage es nicht, meine Hand in den geöffneten Schraubstock zu legen. Ich händige ihm den Beutel aus, und er quittiert den Empfang mit einem Brummen, ohne viele nutzlose Worte zu verlieren, die ich ohnehin nicht hören will.

Zurück in meiner Wohnung setze ich die Produktion der Testmillion für die Firma *Camorra* fort. Die Muster sollen natürlich die gesamte Bandbreite meiner Möglichkeiten aufzeigen, deshalb beinhaltet die Testmillion alle Banknoten von fünfzig Euro aufwärts. Es dauert die gesamte Nacht, die Geldscheine zu drucken, zu schneiden und zu bündeln. Noch vor Sonnenaufgang holt ein Kurier auf einer Moto Guzzi die Lieferung ab. Die Übergabe dauert keine dreißig Sekunden, der Motorradfahrer nimmt nicht einmal den Helm ab.

Nach der anstrengenden Nachtschicht lege ich mich hin und schlafe bis zum späten Nachmittag. Den geräuscharmen Drucker lasse ich in der Zwischenzeit laufen. Beim

Aufwachen steht das Gerät jedoch still und meldet eine erneute Störung. Ich verfluche bereits diese ominöse Demoversion, stelle aber fest, dass es sich dieses Mal um einen einfachen Papierstau handelt. Ich entferne die falsch eingezogenen Blätter, zerknülle sie und halte inne, als ich sie in den Papierkorb werfen will. Auf der Rückseite der Geldscheine lese ich den Schriftzug SPEC ... Langsam glätte ich die zerknitterten zwei Blätter und starre ungläubig auf die Ausdrucke. Diagonal auf der Rückseite sind die Geldscheine mit dem Aufdruck *SPECIMEN* verunstaltet, das internationale Gegenstück zum deutschen *Max Mustermann*. Ein finsterer Verdacht schleicht sich in mein Bewusstsein, und ich stürme zu den Aktenkoffern, wo sich noch die Restbestände meiner nächtlichen Arbeit befinden. Nacheinander entferne ich die Gummibänder der gebündelten Geldscheine, die ich nach Ablauf der ominösen Demoversion gedruckt hatte, und werde immer blasser. Praktisch die gesamte Produktion ist auf der Rückseite durch den Schriftzug *SPECIMEN* entwertet und somit Altpapier.

In China ist es bereits Nacht, aber Mr. Fu von den chinesischen Triaden nimmt schon nach dem dritten Rufzeichen meinen Anruf entgegen. Er versteht meine Aufregung nicht, das Basispaket beinhalte natürlich nur die Demoversion. Ob ich denn das Kleingedruckte nicht gelesen habe. Beim Kleingedruckten bezieht sich Mr. Fu auf die chinesischen Schriftzeichen am unteren Rand des Vertrags, die ich für ein Dekor des Papiers gehalten habe. Im Prinzip kann Mr. Fu ja auch nichts dafür, dass ich als Europäer kein Mandarin spreche oder lese, aber ehrlich gesagt, erwarte ich von einem internationalen Unternehmen schon, dass sie ein wenig mitdenken. Nun da ich mich von der Qualität überzeugt habe, bietet mir Mr. Fu die richtige Softwareversion zum Preis von weiteren dreihunderttausend Euro an. Erst bin ich geschockt, aber ich muss Mr. Fu zugestehen, er entschuldigt sich mehrmals und gewährt mir einen kleinen Rabatt für die Vollversion. Da sind die chinesischen Triaden schon fair und sehen ihren Fehler auch ein.

Ich brauche mehr Geld, also rufe ich erneut Giorgio an. Der Sizilianer ist sehr entspannt, ich erwartete zumindest einen spontanen Wutausbruch und brutale Drohungen. Ich entschuldige mich mehrmals bei Giorgio und verspreche ihm echtes Geld. Danach bettle ich wie ein unterwürfiger Hund um die weiteren dreihunderttausend Euro, die ich für die Vollversion der Software benötige.

Giorgio beruhigt mich und verspricht mir den Betrag noch für den heutigen Tag. Er will sogar vorbeikommen und mir das Geld persönlich bringen. Als Zeichen für die guten Geschäftsbeziehungen hat er sogar ein Geschenk für mich. Nichts Besonderes verrät mir Giorgio am Telefon, nur eine Krawatte. So ist eben Giorgio, nett und zuvorkommend – ein wahrer Menschenfreund. Er besteht sogar darauf, mir die sizilianische Krawatte selbst umzubinden.

Das Telefon steht nicht still. Kaum habe ich aufgelegt, meldet sich Herr Britori von der Firma *Camorra*. Natürlich hat der Empfänger auch schon bemerkt, dass mit der Testmillion etwas nicht stimmt – der Schriftzug SPECIMEN ist ja kaum zu übersehen. Er gratuliert mir zu der außergewöhnlichen Qualität der Vorderseite meiner Blüten. Er will mich für die Vertiefung weiterer Geschäftsbeziehungen nach Neapel einladen. Quasi als symbolische Handlung werden wir an einer Grundsteinlegung eines Geschäftshauses teilnehmen, aber davor ist eine kleine Shoppingtour geplant. Herr Britori erwähnt ein Geschenk der Camorra von einem bekannten Designer namens *Beton*. Demnach will mir die Firma Camorra nicht nur Beton-Schuhe, sondern einen kompletten Beton-Anzug maßschneidern lassen, bevor wir das Fundament des Geschäftshauses gießen und damit unsere Geschäftsbeziehungen besiegeln. Das trifft sich ausgezeichnet, denn bei welchen anderen Anlässen habe ich schon die Möglichkeit, Giorgios sizilianische Krawatte zu tragen.